Eine Kindheit in Kaiserslautern

Der Autor

Hermann Roland Bolz wurde 1952 in Kaiserslautern geboren. Er verlebte dort eine glückliche Kindheit und Jugend. Angeregt durch seinen flugbegeisterten Vater widmete er sich schon früh dem Modell- und hierauf aufbauend bereits mit 14 Jahren dem Segelflug, welchen er auch heute noch als Vereinsfluglehrer betreibt.

Nach dem Abitur verpflichtete er sich für zwei Jahre bei der Bundesluftwaffe. Sein Wehrdienst war überschattet von den dramatisch-tragischen Ereignissen um die israelische Olympiamannschaft, welche er als stellvertretender Wachhabender im Jahre 1972 auf dem Fliegerhorst in Fürstenfeldbruck unmittelbar erlebte und die ihn in seiner Einstellung zum Terrorismus nachhaltig prägten.

Nach der Zeit bei der Bundeswehr studierte er Forstwissenschaften in Freiburg im Breisgau. Sein hieran anknüpfender beruflicher Lebensweg umfasst zahlreiche Stationen inner- und außerhalb der Forstverwaltung von Rheinland-Pfalz, insbesondere war er nach dem Fall des Eisernen Vorhangs als Amtshelfer in Thüringen, als Verwaltungsmodernisierer in der rheinland-pfälzischen Staatskanzlei und nicht zuletzt als Entwicklungshelfer in Jordanien tätig.

Hermann Bolz ist in zweiter Ehe verheiratet und Vater von sieben Kindern.

Geprägt durch seinen an weiten Zeithorizonten und komplexen Systemen orientierten Beruf, immer wieder inspiriert von der einzigartigen Weltperspektive des Segelfliegers und bemüht, seiner Verantwortung gegenüber künftigen Generationen gerecht zu werden, beschäftigt er sich heute intensiv mit Zukunftsproblemen postmoderner Gesellschaften. Im Mittelpunkt seiner Überlegungen steht dabei die Frage der nachhaltigen Entwicklung der Menschheit.

Hermann R. Bolz

Eine Kindheit in Kaiserslautern

Für Hannah -

so leise wie beharrlich unterwegs in ein reiches Leben!

© 2007 Hermann R. Bolz

Herstellung und Verlag: Books on Demand GmbH, Norderstedt

Umschlagfotographie: Hendrik Bolz

ISBN: 978-3-8370-1437-2

Bibliographische Information der Deutschen Bibliothek:

Die Deutsche Bibliothek verzeichnet diese Publikation in der Deutschen Nationalbibliographie; detaillierte bibliographische Daten sind im Internet über http://dnb.ddb.de abrufbar.

Inhalt

Eine Hausgeburt

Ich bin zu Hause als erstes Kind der Eheleute Artur Emil und Irene Eleonore Bolz auf die Welt gekommen, in der Böckingstraße 11, direkt neben dem städtischen Krankenhaus in Kaiserslautern. Das war damals nicht unüblich. Der Krieg war gerade mal sieben Jahre zu Ende, meine Heimatstadt Kaiserslautern hatte noch viele unverheilte Wunden, und die meisten Menschen waren es wohl noch gewohnt, die Dinge selbst in die Hand zu nehmen.

Gegen Ende des Krieges hatte meine Mutter, wie sie immer sagt, das Abitur vorzeitig geschenkt erhalten. Die Folge davon war, dass sie im Herbst 1944 in der Nähe von Leogang beim Reichsarbeitsdienst antreten musste. Viel los war da im Winter nicht. Sie hielten sich überwiegend im Lager auf und schlugen die Zeit tot. Im März ging es dann endlich zum Arbeitseinsatz nach Rankweil in eine Fabrik, die jedoch schon nicht mehr produzierte. Eines Tages erfuhren dann die Mädchen beim Frühappell, dass die Amerikaner vor Bregenz stünden; jede könne nun gehen, wohin sie wolle. Und Sekunden danach, so meine Mutter, stand sie mit ihrer Freundin Gerda alleine da. Kein Arbeitsdienst, kein „Heil Hitler" mehr. Die kleinen Führer wie vom Erdboden verschluckt, als wären sie nie da gewesen, das Dagewesene auf dem Weg in die Verdrängung. Weder Unterkunft noch Verpflegung, keine Verwandten, die Heimat so fern und dazwischen die feindlichen Soldaten.

Als erstes gingen die beiden nach Weiler zum Kloster und blieben dort, bis die Franzosen einrückten. Danach ging es weiter Richtung Kempten, wo sie eine Lehrerin und vier Klassenkameradinnen aus Kaiserslautern trafen. Nachdem es gelungen war, einen Passierschein nach Kaiserslautern zu erhalten, ging es mit dem Güterzug bis Mannheim, von dort über die schwer bewachte Brücke in die Pfalz und wieder mit dem Güterzug weiter nach Kaiserslautern.

Kaiserslautern war am 28. September 1944 durch einen Luftangriff mit Brandbomben in Schutt und Asche gelegt worden. Dabei wurde auch das Haus der Familie Reinhard zerstört, die seither in einer unbenutzten Wohnung des nahezu unbeschädigten Hauses in der Böckingstraße 11 wohnten.

Meine Mutter kam dort gegen Abend an. Die Familie saß beim Abendessen, Reinhards, die Familie ihrer Schwägerin, waren auch da. Alle sehr traurig, denn ein Sohn der Familie hatte in der Nacht vom 6. auf den 7. April bei einer Auseinandersetzung mit amerikanischen Plünderern sein Leben verloren, er war einfach erschlagen worden.

Mit dem „geschenkten" Abitur hatte es schließlich auch noch eine besondere Bewandtnis: es wurde nicht anerkannt. Also noch mal auf die Schule und das Abitur „richtig" gemacht.

Mein Vater war seit 1941 im Krieg und geriet nach Kriegsende zunächst in amerikanische, dann in französische Kriegsgefangenschaft, von der er erst 1948 zurückkehrte. Er hat nie viel über den Krieg und die Gefangenschaft geredet. Manchmal blitzte eine Erinnerung auf: Füße erfroren in Stalingrad, ins Lazarett gekommen, Glück gehabt. In Ste. Ménéhould im Lager gewesen, viele krepiert, selbst aber überlebt, Glück gehabt. Nach Hause gekommen, Braut noch am Leben, Eltern auch, Glück gehabt.

Und nun die Geburt, zu Hause, im Schlafzimmer. Es geht nicht so gut, wie gehofft: Zange, nichts passiert, nur der Kopf nicht ganz rund. Wird sich auswachsen.

Viele waren dabei.

Natürlich mein Vater, der Tage vor dem Ereignis Tante Marie mit dem alten Ford Taunus aus Oberndorf geholt hatte. Nachdem nichts vorangegangen war, war sie mit der Bahn wieder nach Hause gefahren. Nun musste sie erneut anreisen.

Onkel Roland, der Bruder meiner Mutter und mein späterer Patenonkel, natürlich auch. Forstassessor war er damals, verheiratet zwar, aber ohne eigene Kinder. Immer etwas theoretisch, auf Formen bedacht und jederzeit bereit, Verantwortung anderen zu überlassen. Aber gut reden konnte er und dabei wusste er sehr viel. Vor allem war er politisch. Neugierig war er auch, und als mein Vater die Nachgeburt in einer verschlossenen Bettpfanne entsorgte, wollte er wissen, was denn darin sei. Papa erzählte gerne, wie sein Schwager zurückschreckte, als er den Deckel öffnete und ihm den Mutterkuchen unter die Nase hielt.

Oma Philippine, genannt Binchen, war kurz vor meiner Geburt in eine Klinik nach Queichheim bei Landau überwiesen worden. Knochentuberkulose, drei Jahre und drei Tage in der Klinik und später Stützkorsett. Daher konnte sie ihrer Tochter bei der Geburt ihres Sohnes und ein Jahr später bei der meiner Schwester nicht beistehen. Deshalb war ja auch Tante Marie, die Schwester von Oma Philippine, gekommen.

Oma Emma, die Mutter meines Vaters, betreute auf Abruf den Laden ihres Bruders Emil in der Schillerstraße.

Kurz nach der Geburt stellte man fest, dass ich den linken Arm nicht hob. Papa holte einen Arzt. Der zierte sich sehr, getraute sich kaum, mich anzufassen und stellte schließlich lapidar fest, dass ich den linken Arm nicht hebe. Er empfahl, einfach noch einige Zeit abzuwarten. Und bald danach hob ich tatsächlich auch den linken Arm.

Über meine Vorfahren weiß ich nicht sehr viel. Das könnte man natürlich ändern, indem man Ahnenforschung betreibt. Und manchmal denke ich daran, zumindest das nachzuforschen, was schnell zugänglich ist. Mein Onkel Roland hat mehr als das getan und das, was er zusammentrug, ist beachtlich. Andererseits sind es nicht die Menschen, die man in seinen dicken Ordnern findet, es sind lediglich Daten, Fakten und Urkunden. Kaum einmal ein paar persönliche Zeilen. Nichts von all dem Leid, dem die Kriegsgenerationen ausgesetzt waren, nichts von den täglichen Sorgen und dem vielleicht gar nicht so spärlichen Glück und der Zufriedenheit.

Mir ist eines Tages bewusst geworden, dass ich wie alle anderen Menschen auch auf den Schultern ungeheuer erfolgreicher Menschen stehe. So waren meine Eltern immerhin so erfolgreich, dass sie meiner Schwester und mir einen guten Start in unser Leben gewähren konnten. Meine Großeltern, also vier Menschen an der Zahl, haben Gleiches bezüglich meiner Eltern geschafft. Ebenso erfolgreich waren meine Urgroßeltern, immerhin schon acht Menschen – und so verbreitet sich die Pyramide sehr schnell. Heute ist mir klar, dass die wesentlichen

Erfolgsfaktoren dieser Menschen in mir schlummern, und wenn ich in mich hineinhöre, spüre ich die Menschlichkeit meiner Ahnen, und das ist für mich wichtiger als das Sammeln von Daten, Fakten und Urkunden.

Und trotzdem habe ich bei zweien ein bisschen näher hingeschaut: bei meinem Urgroßvater Johann Heinrich und meiner Großmutter Philippine.

Der Benzinschnorres

Benzinschnorres war der Kosename meines Urgroßvaters väterlicherseits. Johann Heinrich Bolz, so sein bürgerlicher Name, war Mechaniker bei der Firma Pfaff in Kaiserslautern. 1884 hatte er sich mit einer Werkstatt in der Riesenstraße 4 – 4a in Kaiserslautern selbständig gemacht. Er dachte wohl, dass er das, was er bei Pfaff herstellte, auch auf eigene Rechnung produzieren konnte; und er hatte den Mut zu diesem Schritt in die mit dem Risiko des Scheiterns verbundene Selbständigkeit. Sein Geschäftsbrief gibt Aufschluss über seine vielfältigen Aktivitäten. Zuoberst steht:

J. Heinrich Bolz, Kaiserslautern, wobei das J. für Johann steht. Die Kopfzeile ist mit einem Zierstrich hervorgehoben, unterhalb dessen seine Telefonnummer steht: Die 410 – und das gleich zweimal.

Zwei Bilder zieren den Kopfbogen: Links, direkt unterhalb der Kopfzeile ein motorgetriebenes Fahrzeug, rechts, etwas tiefer versetzt, ein Damenfahrrad. Dazwischen die Angebote und Produkte von Johann Heinrich Bolz:

Fahrräder und Nähmaschinen von Seidel & Naumann, Dresden sowie auf Wunsch jedes andere Fabrikat. Größtes Lager der Pfalz.

Emaillir-, Vernickel- und Verkupfer-Anstalt.

Lager sämtlicher Fahrradutensilien.

Mechanische Werkstätte m. Kraftbetrieb.

Automobile von De Dietrich & Cie., Niederbronn – Leistungsfähigste Fabrik des Continents.

Anfertigung und Vernickelung von Massenartikeln billigst.

Benzin- und Ölstation

Diese Liste der handwerklichen und geschäftlichen Aktivitäten meines Urgroßvaters beeindruckt mich immer wieder aufs Neue. Vor allem der Umstand, dass er sich neben traditionellen Geschäftsfeldern auch neuen, wie dem Automobilwesen, widmete. Folgerichtig natürlich, dass er das erste Automobil in Kaiserslautern besaß.

Auch später ist er wohl den Automobilen treu geblieben. So inseriert er anlässlich des 3. Großflugtages in Kaiserslautern am 25. August 1929 wie folgt:

J. H. Bolz sen., Kaiserslautern
Telefon 410 – gegründet 1884
Doppelkolben Pusch-Motorräder Doppelkolben
das 30 Jahre alte aufgebaute v. dem Pionier des Motorrads Johann Pusch,
unerreicht, keine Reparatur, kein Versagen,

beste – schnellste – Bergsteiger
Steuer- und Führerscheinfrei. Probefahrten ohne Kaufzwang – kostenlos.
Preis ab Werk RM 725. Auch Teilzahlung
Allen Opelwagen-Besitzern empfehle meine Spezial-Reparatur-Werkstätte,
großes Opelwagen Ersatzteillager. Sie sparen Zeit und Geld. Anerkannte Händler-Rabatt.

In der gleichen Ausgabe der Pfälzischen Volkszeitung wird er unter dem Vorstand des Großflugtages in Kaiserslautern als technischer Beirat aufgeführt.

Sein Interesse an der Fliegerei muss Bestand gehabt haben. Am 19.03.1933 kann man wiederum in der Pfälzischen Volkszeitung lesen, dass er dem Luftfahrtverein Kaiserslautern anlässlich dessen Jahreshauptversammlung im Restaurant „Grüne Laterne" den zum ausgeglichenen Jahresabschluss fehlenden Betrag in Höhe von 10,40 RM spontan gespendet hat. Da er in diesem Artikel als Altkamerad bezeichnet wird, hatte er sich wohl schon länger für den Flugsport interessiert.

Dunkel erinnere ich mich an Gespräche in der Schillerstraße über ihn, bei denen die Anerkennung über seinen Geschäftssinn und seine unternehmerische Tatkraft im Mittelpunkt standen.

Zwei weitere konkrete Hinweise auf die Tätigkeiten von Johann Heinrich Bolz sind mir bekannt.

In der Zeit nach 1910 landeten wiederholt Flugzeuge auf dem „Blutacker" oder auf dem „Fröhnerhof". Sofern Bedarf bestand, soll Johann Heinrich Bolz mit „seinem Kasten voller Schrauben" geholfen haben, die Flugzeuge wieder zu reparieren.

Am 1. Juli 1914 verunglückte seine Kaiserliche Hoheit Alexander, Großfürst von Petersburg, auf der Kaiserstraße bei Lohnsfeld bei einem Autounfall. Als Sachverständiger wurde der Fahrrad- und Autohändler Johann Heinrich Bolz aus Kaiserslautern herbeigerufen. Er stellte den Totalschaden des Wagens fest, der 34.000 Francs gekostet hatte. Das Fahrzeug war mit einer Geschwindigkeit von 15 Kilometern pro Stunde, für die damalige Zeit also „in schärfstem Tempo", zunächst gegen einen Baum gefahren, hatte danach drei große Setzsteine aus dem Boden gerissen, stürzte schließlich eine sieben Meter hohe Böschung hinab und blieb als Totalschaden auf der Wiese liegen. Bei dem Autounfall zogen sich der Großfürst einen Rippenbruch, seine Gattin Feodora eine schwere Kopfverletzung, der Adjutant einen Wadenbeinbruch und der Diener einen Schädelbruch zu. Die zahlreichen Augenzeugen konnten den leicht verletzten Chauffeur nur mit Mühe vom Suizid abbringen.

Von dem beachtlichen Vermögen, das er anhäufte, blieb über die schweren Zeiten vor, zwischen und nach den Weltkriegen nicht viel erhalten. Er hatte es nicht verstanden, seine Erben so zu prägen, dass sie dauerhaft an seine Erfolge anknüpfen konnten. Als letztes wurde das Haus in der Riesenstraße, die Wiege seines Reichtums, unglücklicherweise kurz vor der Währungsreform veräußert. Geblieben sind eine goldene Sprungsdeckeluhr und ein dazu passender Ring, der von einem mit zwei Brillanten umgebenen Aquamarin geschmückt wird. Beide Erinnerungsstücke wurden auch in den schlechtesten Zeiten bewahrt und gehen seither jeweils zum 18. Geburtstag des ältesten Sohnes an diesen und damit die nächste Generation über.

Philippine

Binchen war der Kosename meiner Großmutter mütterlicherseits. Sie erblickte am 14. November 1888 gegen sechs Uhr im elterlichen Haus, Hauptstraße 30 in Oberndorf, als fünftes Kind der Eheleute Johannes und Franziska Schumacher, geborene Ellrich, das Licht der Welt. Das Haus steht heute noch, es wurde erst in jüngster Zeit schön hergerichtet.

Oberndorf ist ein kleines, an der Alsenz gelegenes Dörfchen. In den Jahren 1896/97 wurde es als das erste Dorf in der Pfalz mit elektrischem Licht versorgt, ansonsten ging jedoch die stürmische Entwicklung in Deutschland an diesem Ort bis heute vorbei.

Im Mai 1895 trat Binchen in die katholische Werktagsschule in Oberndorf ein, welche sie am 30. April 1902 abschloss.

Ihre erste heilige Kommunion empfing sie am 14. April 1901 in der Kirche hoch über ihrem Heimatdorf.

Ihre Mutter starb bald nach diesem großen Fest, nämlich im Alter von 54 Jahren am 21. August 1901, als Philippine gerade einmal 13 Jahre alt war. Ich stelle mir diesen Sommertag vor, an dem die Mutter ihren Mann und ihre fünf Kinder verließ. Wie mag das wohl gewesen sein? Trauer hat das ganze Haus erfüllt, denn das Herz der Familie hatte aufgehört zu schlagen. Mit einem Mal wurde allen bewusst, wie wertvoll die Arbeit der Mutter gewesen war, was sie in aller Stille, ohne große Worte darüber zu verlieren, erledigt hatte und was nun durch andere Hände verrichtet werden musste. In erster Linie wohl durch die Hände der Mädchen, die dem seinerzeitigen Rollenverständnis entsprechend in die Fußstapfen ihrer Mutter treten mussten. Sicherlich wurde ihr Sarg im Wohnzimmer aufgebahrt, wie es später auch bei ihrer Tochter Dina der Fall war. Schemenhaft sehe ich die Dorfgemeinschaft an ihrem toten Körper vorbeiziehen und Abschied nehmen. Dann begleitete sie der gesamte Ort auf ihrem letzten Weg kurz durch die Hauptstraße, dann rechts den steilen Kirchberg hinan zur Kirche und nach dem Sterbeamt zu ihrer letzten Ruhestätte auf dem Friedhof.

In der Zeit von 1904 bis 1905 besuchte Binchen die Sonntagsschule in Kaiserslautern. Wie sie die Werktagsschule mit besten Noten abgeschlossen hatte, so erwarb sie sich auch hier ein hervorragendes Zeugnis:

Fähigkeit:	II, das ist „gut"
Fleiß:	I, das ist „sehr gut"
Fortgang:	II, das ist „gut"
Religiös-sittliches Betragen:	I, das ist „sehr gut"
Schulbesuch:	regelmäßig

Was verbarg sich eigentlich hinter einer Sonntagsschule? Oft habe ich mich das gefragt. Der allgemeinen deutschen Real-Enzyklopädie für die gebildeten Stände aus dem Jahre 1854 entnahm ich dann folgende Ausführungen:

„Sonntagsschulen entstanden hauptsächlich in solchen Staaten, wo das Volksschulwesen nicht gehörig eingerichtet und für die regelmäßige Theilnahme der Jugend am Schulunterricht in den Wochentagen nicht ernstlich gesorgt ist. Weil es allenthalben Lehrlinge und Dienstboten gibt, deren Geistesbildung vor ihrem ersten Abendmahlgenusse vernachlässigt wurde, und in Fabrikörtern die Kinder, die man in den Wochentagen zur Arbeit braucht, die öffentliche Schule nicht besuchen können, so hat man hier und da die Einrichtung getroffen, daß solche verwahrloste Individuen Sonntags einige Stunden lang im Lesen, Schreiben, Rechnen und in der Religion unterrichtet wurden. Der Ursprung der Sonntagsschulen ist bis auf das Tridentiner Concil zurückzuführen, und im 16. und 17. Jahrh. finden sich in Belgien, Italien und auch in Deutschland solche Anstalten, freilich allein oder doch vorzugsweise für religiöse Unterweisung, selten nebenher für Unterricht im Lesen. Die Sonntagsschulen im heutigen Sinne stammen aus England, wo zuerst 1782 der Buchdrucker Rob. Raikes zu Gloucester für den Unterricht der Kinder der Armen und der Fabrikarbeiter am Sonntage Veranstaltungen traf. Das Sonntagsschulwesen ist dort seither so in Aufnahme gekommen, daß 1846 von mehr als 130000 Lehrern 1,548000 Sonntagsschüler unterrichtet wurden. Nächst England haben sich die Sonntagsschulen hauptsächlich in den nordamerik. Freistaaten verbreitet. Weniger Eingang haben dieselben in Deutschland gefunden, aus dem natürlichen Grunde, weil hier die Bildung der Jugend in Werktagsschulen besser ist. In Östreich, Baiern und einigen kleineren Staaten wurden zwar Befehle zur Einführung derselben gegeben, ohne daß sie aber zu allgemeinerer Ausführung kamen. Anderwärts wurden durch freiwillige Beiträge solche Schulen gegründet und erhalten. Sonntagsschulen, wie sie in den Zusammenhang einer zweckmäßigen Verfassung des Volksschulwesens gehören, müssen Gelegenheit zur vollkommeneren Ausbildung in nützlichen Kenntnissen und Kunstfertigkeiten, aber auch zu genauerer Bekanntschaft mit dem Vaterlande, den Staatseinrichtungen und den bürgerlichen Rechten und Pflichten für die der Schule entwachsene Jugend sein, damit diese nicht nur vor dem unter der Last der Werktagsarbeit gewöhnlichen Vergessen des in der Schule Erlernten bewahrt, sondern auch weiter geführt werde, als in den Kinderjahren geschehen kann."

Offensichtlich haben sich danach die Sonntagsschulen doch noch ganz gut gehalten – und Philippine lernte dort sehr gut rechtschreiben, vielleicht besser, als dies heute der Fall ist.

Am 25. Oktober 1911 verstarb ihr Vater in Oberndorf. Zu diesem Zeitpunkt war Binchen, 23-jährig, bereits als Hausangestellte im Dienst eines Reichsbahnrates in Kaiserslautern tätig und erwarb sich dadurch ihren Unterhalt selbständig. In dieser Zeit hat sie meinen Großvater Hermann Boiselle kennen gelernt. Dieser, aus Mundenheim bei Ludwigshafen stammend, war vom September 1912 bis Januar 1913 und danach von Mai bis Oktober 1913 als Hilfspostschaffner in Kaiserslautern beschäftigt.

Sie muss sich rasch und intensiv in diesen jungen Mann verliebt haben, denn am 24. Februar 1914 gebar sie diesem ein Mädchen.

Ich versuche zu erahnen, was sie in dieser Zeit gefühlt hat. Die Erinnerung an eine wunderbare Zweisamkeit, in der sie das wiedergefunden hat, was ihr seit dem frühen Verlust vor allem ihrer Mutter wahrscheinlich so sehr gefehlt hatte. Liebe, Zuneigung und das Gefühl, jemanden zu haben, bei dem man Halt finden kann, jemanden, der in der Lage ist, eine Familie zu gründen und zu ernähren. Dann die Ahnung, dass sich etwas in ihrem Körper verändert und schließlich die Gewissheit, dass ein junges Leben anklopft. Hat die Zeit bis zu seiner Abreise gereicht, ihm zu sagen, dass er Vater wird, oder ist er in Unkenntnis dessen wieder nach Mundenheim zurückgekehrt? Sicherlich hat er es noch in Kaiserslautern erfahren und ist trotzdem abgereist. Er konnte sich wohl nicht dazu entschließen, rasch zu heiraten und damit dem Kind und seiner Frau eine uneheliche Geburt zu ersparen.

Ich versuche, die quälenden Fragen nachzuvollziehen, die in diesen Wochen auf ihr lasteten. Fragen, die sicher den Mann, den sie liebte und der sie nicht heiratete, aber auch die Gesellschaft betrafen, in der religiös-sittliches Betragen eine scheinheilige und doch so große Rolle spielte. Und wie brachte sie das mit den Lehren der katholischen Kirche in Übereinstimmung, der Kirche, die ihr gesamtes auch späteres Leben beherrschte? Ich ahne die Zweifel, die sie an ihrer und des Kindes glücklicher Zukunft hegte, die bangen Fragen, wie sage ich es meinen Geschwistern, Verwandten und nicht zuletzt den Menschen, die mich beschäftigen? Und schließlich stellt sie sich sicher auch die Frage, wie sie das Kind und sich nach dem Verlust ihrer Beschäftigung über Wasser halten soll.

Ich bewundere den Mut, mit dem sie ihre Stelle in Kaiserslautern aufgab und nach Oberndorf zurückkehrte, um sich um ihr Kind zu kümmern. Ich bewundere ihre selbstlose, tiefe Liebe zu meinem Großvater, die diese schwere Zeit überstand.

Am 24. Februar 1914 kommt das uneheliche Kind zur Welt. Sie nennt es Lilly Maria, gerufen wird das Mädchen Ria. Sein Vater, Hermann Boiselle, rückt unmittelbar nach Beginn des ersten Weltkrieges als Militärkrankenwärter ein. Er wird von Anfang bis Ende des Krieges an der Westfront eingesetzt.

Während eines Heimaturlaubes heiratet Hermann Boiselle Philippine Schumacher am 4. Mai 1916. Die kirchliche Trauung findet in der katholischen Kirche in Oberndorf statt, die standesamtliche in Alsenz.

Im Herbst erkrankt Ria an Masern. Die Krankheit nimmt einen schlimmen Verlauf. Am 5. Oktober 1916 treten heftige Krämpfe auf, die Lilly Maria Boiselle nicht überlebt. Der gerufene Arzt kommt zu spät, es ist eben Krieg.

Was mag auf die junge Mutter beim Tod ihres lieben Mädchens alles eingestürmt sein? Fragen, Anklagen, Verzweiflung, ...?

Und wieder bewundere ich ihren Mut, ihre Zuversicht und ihre Kraft, denn ein Jahr später, am 26. August 1917 schenkt sie ihrem Sohn Roland Jakob das Leben. Ihm folgt am 5. Februar 1926 meine Mutter Irene Eleonore.

Wie meine Großmutter verlor auch meine Mutter mit 13 Jahren einen Elternteil, nämlich ihren Vater, den sie über alles geliebt hatte. Er starb 53-jährig am 23. Juli 1939 in einer Zeit, als Deutschland auf dem Weg war, sich und die Welt in ein Inferno zu stürzen.

Und wieder war meine Großmutter alleine, alleine in einer schweren Zeit, in der wie nie zuvor und hoffentlich nie danach Gewalt und Zerstörung überbordeten, jede Familie und jeden Menschen tausendfach bedrohte und berührte.

Und wieder bewundere ich ihren Mut, ihre Kraft und ihre Zuversicht, auch dieses Inferno zu durchleben, danach Hand anzulegen, als es um den Wiederaufbau und darum ging, ihre Kinder beim Start in eine glücklichere Zukunft zu unterstützen.

Am 2. Juli 1968 kehrt Philippine heim in das Reich Gottes, der sie, dessen bin ich mir sicher, mit offenen Armen empfangen hat.

Heute, wo ich all dies besser weiß, erscheint mir diese schlanke, unscheinbare, bescheidene Frau, die meine Kindheit begleitet hat, in einem ganz anderen Licht. Ihre Ausgeglichenheit, ihre Zufriedenheit, ihre tiefe Religiosität, die weiten Wege zur Beichte bei den Patres von Maria-Schutz, die beharrliche Unterstützung ihrer beiden in Oberndorf verbliebenen Schwestern, all das spiegelt sich mir heute im Wissen um die ungeheure Tragik ihres Lebens.

Aber ich denke auch an die Beziehungen zwischen der Gesellschaft, der Kirche und einem jeden Einzelnen unter uns. Die Gesellschaft, die gnadenlos jene richtet, denen etwas dem Zeitgeist Entgegenstehendes widerfährt, die Kirche, die in ihrer unbarmherzigen Dogmatik unabhängig von diesem Zeitgeist auf der Stelle tritt und dadurch manchen Gläubigen in eine ecclesiogene Neurose stürzt oder ihn so ausgrenzt, dass er in der Finsternis verloren geht. Ist das alles, was uns Menschen beschieden ist?

Inseln der Erinnerung

Aus der Zeit bis zu meinem vierten oder fünften Lebensjahr habe ich nur wenige Erinnerungen bewahrt. Ich bin mir jedoch sehr sicher, dass ich damals unterschwellig sehr viele Eindrücke gewinnen konnte, die später meine Einstellungen, Überzeugungen und Werte dauerhaft geprägt haben. Manchmal tauchen aber auch klarere Erinnerungen aus diesem Ozean des unbewussten Bewussten auf.

So, dass einmal ein Düsenflugzeug über Kaiserslautern abgestürzt war und neben einem Wohnhaus aufschlug. Damals flogen täglich sehr viele Flugzeuge tief über Kaiserslautern, im Landeanflug auf die nahegelegene Airbase Ramstein der Amerikaner. Wir wohnten direkt in der Einflugschneise. Diese Flugzeuge haben mich viele Jahre lang begleitet. Und im Gegensatz zu vielen Menschen haben sie mich nie gestört. Meine Vorliebe für den Flugsport und alles, was fliegt, stammt sicher neben der von meinem Vater auf mich übergegangenen Begeisterung vom Anblick dieser silbernen Vögel, die immer eleganter und schneller wurden, leiser auch, und die in mir die Sehnsucht weckten, mich selbst gegen die Schwerkraft zu stemmen, abzuheben und zu fliegen.

Eine andere Insel in diesem Meer des unbewussten Bewussten ist unser Haus in der Schillerstraße 4. In ihm wohnten Oma Emma, Opa Heinrich und Onkel Emil, der Bruder von Emma. Später erfuhr ich, dass es gar nicht uns, sondern dem Apotheker Longard gehörte – aber für mich war es einfach unser Haus. Daneben war eine Eisdiele, neben der wiederum ein Blumengeschäft.

Für Kinder war dort Wunderbares. An der Vorderseite beherrschte unser Laden die Hausfront, das Sanitätshaus Huber. Darin hielten sich Oma Emma und Frau Müller auf, und ab und zu auch Tante Liesel, die Schwester meines Vaters. Sie verkauften, was es in diesem Laden gab: Zahnpasta, Zahnbürsten, Haarwaschmittel, Haarwasser, Seife, Cremes, Unterwäsche, Büstenhalter und vieles mehr, aber auch künstliche Gliedmaßen: Füße solo, Füße mit Unterschenkel, Holzbeine und

Schuheinlagen für Menschen mit korrekturbedürftigen Füßen. All das wurde in der Werkstatt von Onkel Emil, dem Besitzer des Ladens, hergestellt.

Frau Müller nannten wir die „Laden-Müller". Im Gegensatz zu dem „Bücher-Müller". Sie war verheiratet, und ihr Mann, eher untersetzt und mit einer kräftigen Stimme gesegnet, pflegte, nach seiner Herkunft befragt, zu sagen: „Ich bin ein Westfale." Das flößte mir unheimlichen Respekt ein. Ein Westfale war wohl etwas Besonderes und das musste ein tolles Land sein, aus dem solche selbstbewussten Menschen kamen.

Hinten rechts im Laden war ein kleines Büro, in dem meine Oma Rechnungen auf einer alten Schreibmaschine ausstellte. Mutti hielt im großen Büro im ersten Stock die Buchführung des Ladens in Ordnung. Dazu arbeitete sie mit dem „Bücher-Müller" zusammen, einem freundlichen kleinen Mann mit schütterem Haar und Brille. Er war unser Steuerberater, und Steuern waren etwas Wichtiges, wie ich seither weiß. Mutti musste sich dazu fortbilden, und ich erinnere mich noch an einen Abend, als Papa und ich sie abends mit dem Auto an der Volkshochschule abholen wollten. Wir fuhren zu spät los und trafen sie daher erst an der Einmündung der Albert-Schweitzer-Straße in die Böckingstraße. Ich glaube, sie war an diesem Abend etwas sauer.

Die Schreibmaschine faszinierte meine Schwester und mich sehr, und in manch unbemerktem Augenblick haben wir versucht, darauf zu schreiben. Einmal hatte ich wohl versehentlich die Maschine auf Matrizenschreiben umgestellt. Besorgt stellten wir fest, dass sie nicht mehr richtig schrieb. Offensichtlich, so glaubten wir, hatten wir sie beschädigt. Nachdem ich sie näher untersucht hatte, stellte ich fest, dass die Typen „keine Tinte" mehr hatten. Gott sei Dank fanden wir eine Flasche mit Tinte und schütteten eine tüchtige Menge über die erhabenen Buchstaben, Zahlen und Satzzeichen. Danach ging es besser, aber eben noch nicht richtig. Wir beruhigten uns damit, dass sich die Maschine schon wieder einschreiben würde. Und obwohl wir am kommenden Tag ängstlich die Reaktion der im Laden Beschäftigten beobachteten, ereignete sich nichts Außergewöhnliches. Offensichtlich war alles in bester Ordnung, und so wäre es wirklich überflüssig gewesen, einen Erwachsenen über unsere Probleme mit der Maschine zu informieren.

Als Weisheit für mein späteres Leben nahm ich von da an die Erkenntnis mit, dass man im Zweifel durchaus mit Erfolg auch auf ein gutes Ende hoffen darf.

Vor dem Büro waren Anprobekabinen. Sie waren weiß gestrichen und hatten Schiebetüren. Von denen hatten wir uns fernzuhalten, wenn die Kunden irgendwelche Kleidungsstücke oder Prothesen anprobierten.

Neben dem Ladenraum verlief ein finsterer Flur, der von einer schweren Eisentür verschlossen wurde. Wenn man sie ganz weit öffnete, verharrte sie in dieser Stellung, ansonsten fiel sie von einer Feder gezogen schwer ins Schloss. Dies wurde einmal meiner Schwester zum Verhängnis. Opa Heinrich hatte uns zwei Groschen für Eis gegeben, und wir stürmten die steile Treppe aus der Wohnetage hinunter, um im Nachbarhaus beim Eis-Dolomiti je eine Kugel Eis zu kaufen. Weil sie nicht so schnell nachkam, drückte ich die Tür in die geöffnete Stellung. Nachdem ich mein Eis gekauft und einen Moment auf meine Schwester gewartet hatte, die jedoch nicht nachkam, ging ich zur Wohnung zurück. Dort traf ich auf ernste Gesichter. Sie hatte wohl in die sich schließende Tür gegriffen und sich dabei die Finger der rechten Hand gequetscht. Warum die Tür zuschlug, weiß ich nicht. Ich hatte sie weit geöffnet, und normalerweise schlug sie dann nicht zu. Vielleicht hatte ein Luftzug die Tür in Bewegung gesetzt. Leider erkannte der Arzt nicht, dass die Finger gebrochen waren, und so sind sie auch heute noch etwas krumm, was mir sehr leid tut.

Auf der Treppe hoch zur Wohnung spielte ich gerne. Dazu hatte man mir Schachteln unterschiedlicher Größe gegeben, die ich auf der seitlichen Abschlussleiste der Treppe aneinanderreihte und vorsichtig in die Höhe schob. Besonders gut gefiel mir die Schachtel der Zahnpasta Marke Selgin. Dies veranlasste Opa Heinrich zu der Bemerkung, man müsse Kindern nicht immer teures Spielzeug kaufen, eine einfache Pappschachtel reiche auch – wenn ich da an die Kinder von heute denke!

Auf der Ebene des Ladens ging es an der Treppe vorbei in einen kleinen, dunklen Innenhof, der hinten spitz zulief und von einer großen

Mauer vom Hof des Nachbarhauses, des Eiscafés Dolomiti, abgegrenzt wurde. Auf der Mauer tummelten sich viele Tauben, die deutliche Spuren hinterließen. Den Hof mochte ich nicht und habe auch nie darin gespielt.

Im ersten Stock war die Wohnetage. Ich erinnere mich noch an den großen weißen Herd und das Drahtgestell darüber, an dem Oma die Wäsche im Winter oder bei feuchter Witterung trocknete. Opa Heinrich saß gerne am Küchenfenster an der Innenhofseite und schoss gelegentlich mit seinem Luftgewehr auf die Tauben. Einmal traf er sogar, aber der Vogel fiel in den Hof des Italieners. Dies ärgerte ihn sehr, zumal ihm dieser die Beute triumphierend am ausgestreckten Arm entgegenhielt. Später war er ein weiteres Mal erfolgreich. Oma Emma kochte die Taube stundenlang. Genießbar wurde sie dadurch nicht. Dies relativierte den Ärger über den zurückliegenden Triumph des Italieners dann doch beträchtlich.

An das Wohnzimmer kann ich mich nicht mehr erinnern. Lediglich an die große Standuhr mit dem mächtigen Pendel, das Ruhe ausstrahlend hin und her schwang. Mutti erzählte mir, dass Opa Heinrich hinter der Uhrentür immer eine Flasche Wein deponiert hatte.

Im zweiten Obergeschoss war ein Zimmer mit roten Vorhängen. Hier muss ich manchmal übernachtet haben, denn ich erinnere mich an ein wunderbares, rotscheinendes Morgenlicht, als ich aufwachte. Seither wecken die rote Morgen- oder Abendsonne regelmäßig Erinnerungen in mir an eine schöne Kindheit. Da ist aber noch etwas anderes von jenen Morgen in meinem Kopf verborgen. Ich kann es allerdings nicht klar sehen.

Auf derselben Etage wie die Küche war der Übergang zur Werkstatt von Onkel Emil. Seine Vorfahren stammten aus der Schweiz, und sowohl die Schweizer Präzision als auch Sturheit waren in ihm gut bewahrt. Er war Orthopädiemeister und entwickelte eindrucksvolle orthopädische Hilfsmittel, meldete viele zum Patentschutz an und behauptete ohne Unterlass, dass die niedergelassenen Ärzte, die seiner Überzeugung nach in unheilvoller Allianz mit den Krankenkassen nur auf ihren Profit sahen und den Patienten wirkungslose orthopädische Hilfen verschrieben, ihn boykottierten. Und weil er dies laut vernehmbar äußerte, kamen immer weniger Kunden zu uns. Unabhängig hiervon war er der festen Überzeugung, dass er eines Tages in wichtigen orthopädischen Bereichen eine Monopolstellung erringen würde. Als eines Tages kaum noch ein Kunde zu uns kam, hielt ihm Opa Heinrich nach einer wortreichen Auseinandersetzung entgegen „Jetzt hast du deine Monopolstellung. Mit dem Unterschied, dass nur zu dir keiner mehr kommt!" Trotzdem, seine Werkstatt war für uns sehr interessant. Da wurde viel mit Gips gearbeitet, da wurden Holzbeine gebaut, Metall bearbeitet, Binden auf einer speziellen Maschine aufgewickelt und was sonst noch alles.

An ein Erlebnis erinnere ich mich noch besonders gut. Einmal habe ich dort ein Stück Holz gefunden, das schon beinahe ein perfekter Schiffsrumpf war. Es war lang, spitz, oben eben und unten rund. Mit Schmirgelpapier konnte ich leicht die wenigen vorhandenen Unebenheiten beseitigen. Dazu fand ich noch eine Leiste, die als Kiel dienen konnte. Ich leimte sie auf den Rumpf. Am nächsten Tag strich ich das Schiff mit grellroter Farbe aus den Beständen meines Vaters, der in dieser Werkstatt auch seine Flugmodelle baute. Meine Schwester half mir dabei. Sie trug ein wunderschönes, neues Kleidchen. Es passierte, was passieren musste: Bald breitete sich ein roter Farbfleck auf dem Stoff aus. Uns fuhr ein gehöriger Schreck in die Knochen, und beide sannen wir auf Abhilfe. Schließlich hatte ich die zündende Idee: Ich holte einen Bimsstein und begann vorsichtig, die nach meiner Überzeugung nur oberflächlich auf dem Kleid befindliche Farbe abtragen zu wollen. Dass diese den Stoff durchdrungen haben könnte, konnte ich mir nicht vorstellen, war sie doch auch nicht in das Holz des Schiffes eingedrungen. Im Gegenteil, man konnte sie ja leicht abschleifen, wie ich es schon vielfach bei den Flugmodellen meines Vaters beobachtet hatte. Bevor ich den Stoff durchgescheuert hatte, kam glücklicherweise unsere Mutter und beendete die Aktion. Papa entfernte die Farbe mit Lösungsmittel, und alles war wieder gut.

Das Schiff schwamm sehr gut. Es war schwer und tauchte daher tief ein. Opa Heinrich nannte es deshalb „Tiefstecher".

Und trotzdem: Die andere Werkstatt in unserem Haus, die von Opa

Heinrich, war viel interessanter. Sie war über eine Treppe von der Onkel Emils aus oder durch die Hofeinfahrt von außen zu erreichen. Da war zunächst der Geruch. Eine Mischung von Moder und Öl, in jedem Fall auch etwas feucht. Hier war es auch bei weitem nicht so hell wie oben. Im Dämmerlicht standen viele große und kleinere Maschinen, die wie wunderliche, geheimnisvolle Gestalten anmuteten, beinahe etwas drohend. Und alle wurden über Riemen angetrieben. Opa Heinrich sprach gerne davon, einmal „den Riemen drauf zu werfen." Wenn er es tatsächlich einmal tat, kam Leben in die Werkstatt. Der alte Elektromotor gab im Anlaufen knisternde und knatternde Geräusche von sich, um dann Zug um Zug Drehzahl aufzunehmen. Die Hauptantriebswelle entlang der Werkstattdecke, von der mehrere Riemen lose zu den verschiedenen Geräten herunter hingen, begann sich zu drehen. Wenn dann Opa Heinrich noch einen „Riemen drauf warf" und an der Schleifmaschine ein Formteil zurecht schliff, dann war es vielleicht wieder ein bisschen so wie früher, als das Geschäft noch besser ging, der Geist des Bezinschnorres noch allgegenwärtiger und der Blick noch nicht so sehr auf die sich als zwangsläufig abzeichnende Aufgabe der Werkstatt gerichtet war.

Er war nicht mehr voll einsatzfähig, unser Opa. Als Folge eines Autounfalls hatte er ein steifes Bein und ging am Stock. Diesen packte er gerne am unteren Ende, legte uns den Griff um das Genick und zog uns so sachte zu sich, um uns lieb zu drücken. Wir waren gerne mit ihm in seiner Werkstatt und bohrten in den Ritzen zwischen den Dielen des Fußbodens mit einem Schraubenzieher nach Kugellagerkugeln. Aus diesen Kugeln konnte man mit „Silberpapier" „Stehaufmännchen" basteln. Solches Papier gab es beispielsweise in Zigarettenschachteln. Es wurde auf etwa drei Zentimeter Länge geschnitten und dann so zu einem Röhrchen gerollt, dass sich die Kugel leicht darin bewegen konnte. Oben und unten sorgfältig verschlossen, die Kugel im Innern, kam das „Stehaufmännchen" nun in eine leere Streichholzschachtel, worin es, nachdem sie geschlossen war, fest hin- und hergeschüttelt wurde. Legte man nun das Röhrchen auf eine ebene Fläche, dann richtete es sich auf – ein „Stehaufmännchen" eben!

Seit seinem Unfall reparierte Opa Heinrich keine Autos mehr, nur noch Fahrräder und Tretmobile. Mit letzteren durften wir ab und zu fahren, wenn zwischen Reparatur und Abholung hinreichend Zeit war. Jedes Mal, wenn es in einem solchen Fall an der Tür klopfte, wurde das Fahrzeug schnell an seinen Platz geschoben, bevor Opa „Herein" rief.

Zu dem Haus gehörte auch Astor, ein Schäferhund. Eine besondere Rolle spielte er immer an Fastnacht. Meine Schwester war regelmäßig als Rotkäppchen verkleidet, und Astor begleitete sie als Wolf. Er war ein angenehmes, ruhiges Tier. Trotzdem habe ich keine emotionale Beziehung zu Hunden aufgebaut. Ich mochte und mag sie auch heute eher weniger. Das liegt wohl daran, dass wir nicht allzu häufig mit Astor zusammen waren und dass er leider recht früh eingeschläfert werden musste. Etwas traurig war ich damals aber schon.

Mein Vater studierte zu jener Zeit in Karlsruhe Maschinenbau. Ich erinnere mich an einen Abend, als uns Mutti zu Bett brachte. Papa hatte gesagt, er sei unterwegs und würde heute Abend „den Riemen drauf machen". Ich fragte zunächst mich und dann meine Mutti, wie man mit einem Riemen über den Autorädern wohl fahren könne. Dabei hatte ich wohl die Antriebsriemen von Opas Werkstatt vor Augen.

Es war eine schöne Welt im Haus in der Schillerstraße, bis aus heiterem Himmel das Unglück über uns hereinbrach. Eines Nachts senkte sich das Haus, nachdem zuvor das Nachbarhaus abgerissen und eine wohl zu tiefe Baugrube ausgehoben worden war. Der vordere Teil musste sofort abgetragen werden, da er als baufällig eingestuft wurde. Im hinteren Teil quartierten sich Oma Emma und Opa Heinrich ein. Den schönen Laden gab es fortan hier nicht mehr. Bald nach diesem Ereignis starb Oma Emma. Opa Heinrich sagte mir, dass er gerne wieder bei seiner Emma sein möchte, deshalb würde auch er bald sterben. Das empfand ich als sehr ungerecht, denn er hatte doch auch mich und ich ihn sehr lieb. Nichtsdestotrotz folgte er seiner geliebten Frau bald ins Grab.

Der Laden wurde noch zweimal wieder eröffnet. Zunächst in der Marxstraße, danach in der Fruchthallstraße. An beiden Stellen blieb allerdings der geschäftliche Erfolg aus, und so wurde er schließlich für immer geschlossen.

Böckingstraße 11

Mein eigentliches Zuhause war jedoch unsere Wohnung in der Böckingstraße 11, in der ich ja auch geboren worden war. Da manch einer
den Straßennamen auf Anhieb nicht richtig verstand, hatte sich Mutti
angewöhnt, den Straßennamen quasi in einem zweiten Durchgang zu
buchstabieren: Böckingstraße – Be, ö, ce, ka, i, en, ge.

Vier Zimmer, Küche und Bad hatten wir da. Das Haus, in dem wir
wohnten, fasste mit dem schräg gegenüber liegenden sogenannten
Langbau einen spitz zulaufenden, begrünten Hof ein. Dort gab es mehrere durch Ligusterhecken abgegrenzte Wege. Zwischen diesen lag
Rasen, der leider nicht betreten werden durfte. Man hätte darauf gut
Fußball spielen können. Parallel zum Langbau verlief eine Böschung,
genannt Rech, die ebenfalls tabu war, obwohl wir sie gerne als Rutschbahn benutzt hätten. Gegenüber verlief eine Baumreihe, durch die eine
Gartenzeile von der übrigen Grünfläche abgegrenzt wurde. Es handelte
sich dabei um Linden, die regelmäßig zurückgeschnitten wurden und
heute eine ansehnliche Größe erreicht haben.

Von den Gartenzellen bewirtschafteten auch wir eine. Besonders wichtig für uns Kinder waren darin der Pfirsichbaum und der Stachelbeer-
strauch. Hoch waren die Erträge nicht, aber die Früchte schmeckten
immer gut, und wir freuten uns nach der Blüte und dem Fruchtansatz
sehr darauf.

Entlang der Häuser verlief jeweils ein Trottoir, daneben noch eine
unbefestigte, sandige Fläche, auf der mit zunehmendem Wohlstand
immer mehr Fahrzeuge parkten.

Dieser Hof, wie wir alle ihn nannten, war Treffpunkt für die zahlreichen Kinder, die in den beiden Gebäuden wohnten. Jeden Nachmittag,
wenn das Wetter dies auch nur einigermaßen zuließ, spielten wir dort
gemeinsam oder in Gruppen. Dabei gab es immer wieder Beschwerden
der älteren Mitbewohner, die auf ihre Mittagsruhe pochten. Aber auch
wenn wir außerhalb der Ruhezeiten zu laut waren, gab es Ärger. Dies
traf besonders auf die Zeit zu, in der Rollschuhe Mode wurden. Viele

von uns hatten nämlich noch Modelle mit Eisenrollen und die erzeugten zugegebenermaßen einen Höllenlärm.

Schon damals wurde uns klar, dass es erhebliche Unterschiede zwischen den Menschen gab, und wir wussten uns leicht darauf einzustellen. Da waren solche, denen man besser nicht begegnete. Herr Wahl, der Vorstand der Postbaugenossenschaft, der die Häuser gehörten, zählte dazu. Er war ein sehr strenger Mann. Auch dem Zepp musste man aus dem Weg gehen, denn der neigte dazu, sehr laut zu werden. Aber zwischen den beiden bestand ein erheblicher Unterschied. Gegen den Zepp konnte man auch die Eltern gewinnen, gegen den Wahl nicht, weil er eben einen wichtigen Posten inne hatte.

Auch sonst gab es noch viele Unterschiede, die wir nicht verstanden, aber die mit einer Zeit zu tun haben mussten, die zwar schon zurücklag, aber noch keine Vergangenheit war. Dazu gehörte auch eine geheimnisvolle, fest verschlossene Luke an der südlichen Schmalseite des Hauses. Wir konnten uns deren Sinn nicht recht erklären, bis eines Tages Christel, ein Mädchen aus unserem Haus, meinte, dahinter befände sich der Sarg von Hitler. Wer Hitler war, konnten wir kaum einordnen, aber dass es mit diesem eine besondere Bewandtnis haben musste, war uns auf Grund der Reaktionen der Erwachsenen in Verbindung mit diesem Namen klar.

Unser größter Wunsch war, in diesem Hof einen echten Spielplatz mit Spielgeräten zu bekommen. Wir gingen davon aus, dass man sich auf einem solchen Spielplatz so richtig austoben konnte, denn dieses Recht musste ja quasi mit inbegriffen sein, zur Mindestausstattung eines jeden gehören!

Schließlich klappte es dann auch. Wenigstens ein Sandkasten wurde gebaut. Die Eltern, insbesondere Manfreds Vater aus dem Langbau gegenüber, übernahmen die meiste Arbeit: Fundamente ausheben, einschalen, Beton anrühren und eingießen. Später trugen alle Sand in den Kasten. Dieser war vor unserem Haus abgeschüttet worden, da der Spielplatz mitten in der Grünanlage lag und daher nicht angefahren werden konnte. Danach spielten wir dort, wenigstens ab und zu. Der Beton war verdammt hart, wenn man dagegen stieß. Das hatten wir jedoch bald begriffen und richteten uns danach, wie wir überhaupt lernen mussten, dass es viele, viele Dinge gab, die man weder ändern noch ignorieren konnte. Dazu gehörte auch, dass es keine weiteren Spielgeräte gab. Keine Reckstange, keine Rutschbahn, kein Klettergerüst, schon gar keine Tarzanbahn, keine Röhren zum Durchkriechen, keine Halfpipe und anderes, was man heute so hat. Und eine Lärmberechtigung war auch nicht eingebaut, in diesen Spielplatz.

Als Reckersatz nutzten wir vorübergehend die Teppichstange. Allerdings nur solange, bis wir bemerkten, dass sie sich unter unserem Körpergewicht in Verbindung mit unseren heftigen und ruckartigen Turnübungen dauerhaft verbog. Endgültig aus war es damit, als sie eines Tages aus der Halterung rutschte und über dem unglücklichen Turner aufschlug. Glücklicherweise passierte ihm nicht viel.

Später habe ich in eine der Grünflächen eine Tanne und eine Fichte gepflanzt. Diese Bäume stehen heute noch und sind schon sehr mächtig geworden. So hat der Hof für mich doch noch etwas gewonnen, in dem ich mich wiedererkenne.

Außerhalb des Hofes gab es einige wichtige Orte.

Zunächst war das die Krankenhausmauer. Sie verlief entlang der Bürgersteige der Böcking- und der Goethestraße und war in Abschnitte unterteilt, die jeweils durch eine die Mauer überragende Säule begrenzt wurden. Über die behauenen Steine dieser Säulen konnte man gut hochklettern und auf der mehr als zwei Meter hohen Mauer entlang laufen. Besonders reizvoll und gleichzeitig eine Mutprobe war es, über die Säulenköpfe auf den nächsten Mauerabschnitt zu springen, denn die Mauer war nicht sehr breit, und man musste schon gut das Gleichgewicht halten. Noch mehr Kitzel bereitete das Ganze in der Böckingstraße, wenn man bergabwärts sprang, denn der nächste Mauerabschnitt lag dort jeweils um einiges tiefer. Die Leute vom Krankenhaus sahen nicht gerne, dass wir uns gelegentlich auf der Mauer aufhielten. Um uns daran zu hindern, gossen sie eines Tages auf die zwei untersten Mauerabschnitte Beton und steckten Glasscherben derart hinein, dass die scharfen Spitzen daraus hervorragten. Wir bemerkten dies natürlich gleich und richteten uns danach. Seither war dieser Bereich für uns tabu. Anders ein fremder Junge, der unvorsichtig genug war, in die Glasscherben zu springen. Glücklicherweise schnitt er sich dabei lediglich die Schuhsohle auf. Dieses Verhalten der Krankenhausverantwortlichen hat mich damals schon sehr beschäftigt. Da waren die Doktoren, die alles daran setzten, Menschen gesund zu machen. Die waren doch sicherlich froh, wenn alle möglichst gesund waren und gesund blieben. Und dann das! Oder wussten sie gar nichts davon, hatte das einfach der Hausmeister so gemacht? Glasscherben auf einer Krankenhausmauer passte nicht, passte nirgendwo. Trotzdem blieben sie unglaublich viele Jahre erhalten.

Aber die Krankenhausmauer hatte noch einen anderen Reiz. Dahinter, etwa auf der Höhe unseres Hauses, stand ein Esskastanienbaum. Wenn das Wetter über den Sommer hinweg sehr gut war, trug er sogar Früchte, und dann gab es in der Böckingstraße so etwas wie ein bisschen Süden. Sobald im Herbst die grünen Igel an den Ästen hingen, bewaffneten wir uns mit Stöcken, Steinen und sonstigem und warfen diese Wurfgeschosse von der Straße aus mit aller Kraft in die Baumkrone. Es war schon erstaunlich, wie lange ein so kurz vor einem nahenden Auto in den Baum geworfener Stock dort droben verweilen und einen in Angst und Erschrecken versetzen konnte, bevor er wieder, glücklicherweise immer knapp vor oder hinter dem Fahrzeug, zu Boden stürzte. Natürlich fielen ab und an Stöcke und Steine auch hinter die Mauer. Das störte uns solange nicht sonderlich, bis eines Tages der Niedergang eines Steines mit einem lauten Schrei quittiert wurde. Einer von uns hatte einen dort spazierenden Rekonvaleszenten getroffen und ihn offensichtlich spürbar verletzt. Wir suchten natürlich sofort das Weite. Die Nachforschungen des Krankenhauses bei unseren Eltern führten nicht zur Ermittlung des Schuldigen, zumal wir selbst nicht wussten, wessen Wurf unfallverursachend gewesen war. Schließlich gewannen wir alle recht bald den Eindruck, dass unseren Eltern an der Aufklärung des tatsächlichen Unfallhergangs nicht sonderlich viel gelegen war, und so verlief die Angelegenheit schließlich im Sande.

Von diesem Tag an schwand allerdings unser Interesse an der Krankenhausmauer und dem Kastanienbaum erheblich, und wir wandten uns anderen Zielen zu. Später wurde der Baum sogar gefällt, und mit ihm verlor die Westpfalz ein Stückchen südlichen Glanz.

Dann gab es die Goetheschule. Ein mächtiger Sandsteinbau, der beherrschend in der langgezogenen Kurve der Herzog-von-Weimar-Straße und der Goethestraße stand. Im Gegensatz zu heutigen Schulbauten dominierte hier die Fassade. Die Fenster gewährten so viel Licht wie erforderlich, eher etwas weniger. Lichtdurchflutet war dieses Gebäude also nicht, genauso wenig transparent. Es stellte das in Stein gegossene Verständnis von Schule einer vergangenen Zeit dar. Und für uns alle aus der Böckingstraße war klar, dass wir eines Tages dort zur Schule gehen würden. Bis dahin begnügten wir uns damit, die Erstklässler zu ärgern, die täglich an unserem Haus vorbeikamen und die man gut an den weißen Tafelläppchen, die aus ihren Schulranzen heraushingen, erkennen konnte.

Schließlich gab es in der näheren Umgebung auch noch die Brücke über die Eisenbahnstrecke Mannheim-Saarbrücken. Dort standen meine Schwester und ich oft nachmittags mit unserer Großmutter und schauten den neuerdings elektrifizierten Zügen nach. Dabei schlich sich ein bisschen Fernweh in unsere Gedanken, dieses jedoch gemildert durch die angenehme Aussicht auf die baldige Rückkehr in ein freundliches Zuhause, in dem wir im Schoße einer glücklichen Familie weiter von großen Reisen träumen konnten.

Onkel Trump

Wohnraum war in der Nachkriegszeit knapp. Besonders natürlich in Kaiserslautern mit seinen verheerenden Kriegsschäden. So kam es zur Wohnraumbewirtschaftung, die für meine Großmutter die Beherbergung eines alleinstehenden Herren bedeutete. Er bewohnte das mittlere Zimmer auf der zur Straße gelegenen Seite und arbeitete beim Finanzamt. Amtmann war er, und ich erinnere mich noch daran, dass er mitunter sehr angeregt und teilweise lautstark mit Papa diskutierte. Worum es ging, weiß ich nicht mehr und habe den Gesprächen vermutlich auch damals nicht folgen können. Für uns hieß es vielmehr, still zu sein, wenn Erwachsene miteinander redeten. Dann hatten Kinder nämlich Sendepause. Aber danach waren wir gefragt. Dann ging Onkel Trump, wie wir ihn nannten, mit uns durch den Hof zur Pfaffmauer, dort den Berg hinunter, über die Straße und schließlich zu dem dortigen Kiosk. Da gab es wunderbare Sachen, vor allem Süßigkeiten. Wir durften uns dann jedes Mal für einen geringen Betrag etwas aussuchen. Auf dem Rückweg wurde dann gleich probiert, wie es schmeckte, und nur selten blieb etwas übrig. Das war auch gut so, denn Papa mochte es nicht gerne, wenn Onkel Trump Geld für uns ausgab. Diesem waren jedoch die kleinen Ausflüge ein Herzensanliegen, und so sorgten wir dafür, dass jeder zu seinem Recht kam, indem wir möglichst alles gleich aufaßen.

Später zog Onkel Trump dann aus, weil wir sein Zimmer für uns selbst brauchten und die Wohraumbewirtschaftung nicht mehr erforderlich war. Etwas traurig waren wir schon, als er auszog, aber er kam des Öfteren zu Besuch, und so blieb der Kontakt immerhin erhalten. Wenn wir ihn bei Stadtgängen mit unserer Mutter trafen, steckte er uns immer etwas Geld zu und zwinkerte dabei mit den Augen. Wir verstanden, was er meinte, und freuten uns über das zusätzliche Taschengeld.

Tante Gerda

Unsere Schuhe kauften wir bei Tante Gerda, einer Freundin von Mutti. Sie hatte einen großzügigen Schuhladen im Gebäude des neuen Pfalztheaters. Papa war mit ihrem Mann Gerhard befreundet. Das Geschäft besuchten wir bei weitem nicht nur, um Schuhe zu kaufen. Nach Einkäufen in der Stadt oder früher auch auf dem Weg von der Schillerzurück zur Böckingstraße schauten wir häufig bei Tante Gerda vorbei, und meine Mutter plauderte ein Weilchen mit ihrer Freundin.

Während die beiden sich unterhielten, nutzten wir die Gelegenheit, mit dem Karussell zu fahren, welches im vorderen Teil des Geschäftes stand. Es hatte einen Durchmesser von vielleicht zwei Metern, war bunt bemalt und wurde von Hand angetrieben, indem man rhythmisch einen Hebel vor- und zurückbewegte. Meine Schwester fuhr leidenschaftlich gerne schnell, wobei mir immer hundeelend wurde. Ein Übriges tat der penetrante Geruch nach Leder, so dass ich immer wieder froh war, wenn wir endlich weitergingen.

Eines Tages hatte das Geschäft eine wunderbare Neuigkeit: einen großen Kasten, in den man durch eine Öffnung unten die Vorderfüße stellen konnte. Dann sah man von oben durch ein Fenster die Lage der Zehen im Schuh! Damit war leicht zu überprüfen, ob diese passten oder ob sie eventuell zu groß oder zu klein waren und jeweils um wie viel. Wir waren fasziniert. Als wir hierüber Papa berichteten, untersagte er uns, dieses Gerät überhaupt noch einmal zu benutzen. Dies sei nämlich sehr gefährlich. Da dieses Durchleuchten, wie die Erwachsenen den Vorgang nannten, nicht weh tat, konnte ich mir seine Reaktion nicht erklären. Eine Zeit lang waren wir neidische Zuschauer, wenn andere Kinder auch teilweise zum Spaß ihre Schuhe durchleuchteten, aber dann war das Gerät plötzlich verschwunden. Meine neugierige Frage, warum das so sei, wurde abgetan. Es war eine Zeit, in der Dinge für Kinder einfach so waren, erklärt wurde nicht viel.

Dann war Tante Gerda plötzlich im Krankenhaus. Auf der Rückfahrt

von einem Krankenhausbesuch in Mannheim waren sie auf der Rhein-
brücke mit einem entgegenkommenden Fahrzeug zusammengestoßen,
das auf ihre Fahrbahnseite geraten war. Gerhard verlor dabei sein Leben. Der Angehörige der amerikanischen Streitkräfte, der den Unfall
verursacht hatte, wurde rasch außer Landes versetzt. Die Witwe erhielt
wohl eine materielle Entschädigung. Nach einem langen Krankenhaus-
aufenthalt hat sie sich für ihre Kinder aufgeopfert und ihnen eine gute
Ausbildung ermöglicht. Für mich war das die erste bewusste Begegnung mit der Zerbrechlichkeit des menschlichen Lebens und den Gefahren der Welt.

Herr Seegmehl

Wenn meine Mutti zum Frisör ging, begleitete ich sie regelmäßig. Wie der Salon hieß, weiß ich heute nicht mehr. Es handelte sich um einen länglichen Raum, in dem viele Trockenhauben standen und zahlreiche bekittelte Menschen umhersprangen. Und jedes Mal dauerte es sehr lange und war recht langweilig, bis wir wieder gingen. Auch meine Haare wurden dort geschnitten, und zwar von einem gewissen Herrn Seegmehl.

Eines Tages liefen Mutti und ich durch die Haagstraße und kamen an einem neuen Frisörsalon vorbei. Mutti meinte, dies sei das neue Geschäft von Herrn Seegmehl, der jetzt hier Haare schneiden würde. Sie schlug vor, mir von nun an hier meine Haare schneiden zu lassen. Aber das wollte ich auch nach einer längeren Diskussion partout nicht. So gingen wir weiter. In der Höhe des Institutes der Franziskanerinnen fragte sie mich, warum ich mich eigentlich vor dem Geschäft von Herrn Seegmehl so angestellt habe. Ich erklärte ihr, dass der Seegmehl sicher nur alte Geräte zum Haareschneiden hätte. Daraufhin sagte sie, in dem neuen Laden sei selbstverständlich alles neu. Vor diesem Hintergrund war ich schließlich bereit umzukehren und mir die Haare doch noch schneiden zu lassen.

Eigentlich hatte er ja einen Damensalon. Trotzdem hat er mir bis zu meiner Zeit als Forstamtsleiter in Waldmohr abends, wenn die meisten Damen gegangen waren, die Haare geschnitten – und dabei gab es manches Gespräch, das ich nicht missen möchte.

Oberndorf

Oberndorf im Alsenztal! Viele Erinnerungen verbinden sich mit diesem Ort. Und das Schöne daran ist, dass es ausschließlich sehr gute Erinnerungen sind. In Oberndorf wohnten Tante Maria und Tante Dina. Eigentlich waren es unsere Großtanten, denn beide waren ältere Schwestern unserer Großmutter Philippine. Wir nannten sie jedoch einfach Tante Marie und Tante Dina.

Tante Marie war die beherrschendere der beiden Damen. Sie war kräftig und in früheren Zeiten auch als Hausangestellte weit aus ihrem Heimatort herausgekommen. Sie bewirtschaftete die Weinberge und Äcker, die sie gemeinsam mit ihrer Schwester besaß. Tante Dina versorgte den Haushalt. Sie war die leisere der beiden, nicht weiter als bis Kaiserslautern und einmal nach Waldmohr gekommen, geduldig, sanft und aufopfernd. Es dürfte schwer sein, jemanden zu finden, der weniger für sich und mehr für andere gelebt hat als Tante Dina.

In der Nachkriegszeit war so eine Verwandtschaft natürlich besonders wertvoll. Und so fuhren wir regelmäßig mit unserem Ford Taunus, der eigentlich Opa Heinrich gehörte, und später mit unserem wirklich eigenen Opel Rekord von Kaiserslautern nach Oberndorf.

Die Fahrt war immer sehr interessant, und mit der Zeit lernten wir die Strecke in- und auswendig. Zunächst ging es von der Böckingstraße durch die Stadt. Fackelrondell, Rittersberg, dann über die Brücke am Nordbahnhof Richtung Eselsfürth. Hinter der Eselsfürth erfolgte dann der Anstieg zum Fröhnerhof. Ein besonderer Ort für meinen Papa, denn dort war ein alter Flugplatz der Flieger-Hitlerjugend. Später waren wir dort zum Modellfliegen, bis der Platz von den alliierten Streitkräften für die zivile Nutzung gesperrt wurde.

Eines Tages sahen wir von der sogenannten Kaiserstraße aus Hubschrauber vom Fluggelände starten. Papa wollte uns das genauer zeigen. Er dachte dabei wohl auch daran, dadurch mein Interesse an der Fliegerei zu wecken. Schließlich kann ich mir vorstellen, dass er dadurch auch Oma Philippine ein Stückchen für die Fliegerei einnehmen wollte. Das Starten und Landen der Sikorski-Hubschrauber beeindruckte uns sehr, bis plötzlich einer, der zum Landen ansetzte, kurz über dem Boden in schlingernde Bewegungen geriet und auf die Seite stürzte. Die Rotoren zerbrachen und flogen wie von einer unsichtbaren Kraft getrieben in die Höhe. Der Motor heulte laut auf. Kurze Zeit später sprang die Besatzung über die dem Rotor abgewandte Seite aus dem Wrack auf den Boden und brachte sich in Sicherheit, während die Rotorbruchstücke in der Nähe des Unfallortes auf den Boden schlugen. Glücklicherweise wurde niemand verletzt. Oma Philippine fand sich natürlich in ihrer Ablehnung gegenüber allem, was fliegt, erneut bestätigt.

Ein weiterer Höhepunkt der Fahrt war die Nepomuk-Figur in Imsweiler auf der Alsenzbrücke. Der Brückenheilige schaut noch heute auf die Fluten der Alsenz und ist für mich immer wieder Anlass für Erinnerungen an die damaligen Fahrten nach Oberndorf.

Von den vier Bahnübergängen, die zu queren waren, war der in Schweisweiler mit Abstand der interessanteste. Die Straße quert dort die in einer Kurve verlaufenden Gleise, weshalb sie sehr uneben ist. Einmal war Papa in Gedanken und versäumte abzubremsen. Das Auto kam in heftige Schwingungen und hob beinahe ab. Oma schimpfte, dass man sich in diesem Auto sämtliche Rippen brechen könne. Es war das einzige Mal, dass ich sie den Fahrstil meines Vaters kritisieren hörte. Mit ihrem Tadel erreichte sie immerhin, dass wir künftig dort, auch wenn sie nicht dabei war, sehr bewusst und langsam fuhren. So ist der Bahnübergang auch heute noch Anlass zur Erinnerung an meine Oma.

Der letzte Ort vor Oberndorf ist Mannweiler. Mannweiler war seinerzeit sehr wichtig, weil es dort einen Landhandel gab, bei dem Tante Marie das kaufte, was sie für ihre Haus- und Weinbergswirtschaft brauchte. Bereits von dort aus konnte man Richtung Oberndorf zur Linken die Ländereien der Tanten auf dem Gänsberg sehen. Besonders stach das Wingertshäuschen auf dem mittleren Hangweg hervor, in dem Tante Marie ihr Werkzeug verstaut hatte und täglich ihre Brotzeit einnahm.

Mehr noch als auf die Fahrt freuten wir uns auf den Besuch bei den Tanten, die wir sehr liebten. An die Einrichtung des Hauses kann ich mich noch gut erinnern. Die Tür erreichte man durch einen schmalen Hof. Ihr gegenüber waren der Abort, die Ställe und der sogenannte Keller, in dem die Weinfässer der Tanten standen.

Wenn man die Haustür mit einiger Mühe geöffnet hatte, denn sie klemmte tüchtig, folgte man einem kurzen, abknickenden Flur. Im Knick ging es eine Stiege empor zur alten Küche. Sie diente inzwischen als Vorratsraum, denn Erwachsene konnten darin nicht stehen. Früher waren die Menschen halt kleiner gewesen. Rechts daneben befanden sich zwei weitere Türen. Die eine führte nach links ins Wohnzimmer, die andere in die neue Küche. Aus der Küche habe ich den Herd in lebhafter Erinnerung behalten. Er war immer unter Feuer. In die Herdplatte waren Ringe eingelassen. Wenn eine der Tanten diese abhob, loderten die Flammen daraus empor. Auf der rechten Seite war das sogenannte Schiff. Das war ein Behälter, in dem ständig kochendes Wasser war. Eine sehr praktische Einrichtung. Das Wasser wurde zum Kochen, Spülen, Waschen und Putzen verwandt, und man nutzte auf diese Weise die Hitze des Ofens zusätzlich aus.

Im Wohnzimmer hing ein Bild des verstorbenen Bruders Jakob, der sich als Steinmetz seinen Lebensunterhalt verdient hatte. Er war weit herumgekommen und hatte auch am Bau des Kölner Domes mitgewirkt. Von diesem schwarz-weißen Bild blickte er mit seinem mächtigen Bart sehr streng in die Stube, und wenn es schummrig war, konnte man sich ein bisschen vor ihm fürchten. Bei der Arbeit in den Weinbergen wurden wir immer durch einen Sinnspruch an ihn erinnert, den er über der Tür des Wingertshäuschens in die Steine eingehauen hatte: „Arbeit ist des Bürgers Zier."

Gleich hinter der Eingangstür ging eine Treppe steil in das Obergeschoss. Dort waren die Schlafzimmer der Tanten sowie eine dunkle Kammer, in der eine große Mehltruhe stand. Darüber war der Dachboden.

Meine Schwester hatte eine besondere Beziehung zu den beiden Tanten, denn während des Studiums meines Vaters in Karlsruhe, als meine Mutter unseren Unterhalt verdienen musste, hatten sie meine Eltern etwa ein Jahr lang den beiden anvertraut.

Nach der Ankunft in Oberndorf, regelmäßig am späten Vormittag, wurde zunächst gegessen, danach erzählt, ein Spaziergang unternommen und schließlich Kaffee getrunken.

Manchmal gingen die Spaziergänge bis zur Moschellandsburg bei Obermoschel, also bis in die Heimat der mütterlichen Linie meiner Großmutter. Der Weg dorthin erschien uns sehr weit. Die Mühe wurde jedoch dadurch ausgeglichen, dass Papa davon erzählte, dort habe es früher eine Münze gegeben, und wenn man Glück habe, könne man das eine oder andere alte Geldstück auf dem Burgberg finden. Leider war dies trotz intensivster Suche unsererseits nie der Fall.

Für die Rückfahrt hatten uns dann die Tanten regelmäßig Lebensmittel und Wein gerichtet. Der Wein wurde aus einem Fass im Weinkeller in eine Korbflasche gefüllt. Wir durften beim Abfüllen helfen. Das hieß im Einzelnen, so lange an einem im Fass steckenden schwarzen Schlauch zu saugen, bis der Wein von alleine in die tiefer gehaltene Flasche floss. Natürlich haben wir dabei auch den einen oder anderen mehr oder weniger tüchtigen Schluck getrunken. Geschadet hat er uns offensichtlich bis heute nicht.

Im Sommer machten wir regelmäßig mit Oma Philippine Ferien in Oberndorf. Dabei verdienten wir uns unser erstes Geld. Zeilenhacken war angesagt. Damit war gemeint, das Unkraut zwischen den Rebzeilen mittels einer Hacke zu entfernen. Und so zogen wir vormittags mit Oma oder Tante Dina in die Weinberge. Tante Marie war regelmäßig schon früh morgens vorausgegangen. Wir trafen sie dann im Gänsberg beim Wingertshäuschen und hackten dort Zeile für Zeile Unkraut, 10 Pfennig pro Zeile; und die Zeile war immerhin wenigstens 50 Meter lang und ging steil bergauf. Am Ende der Ferien wurde dann abgerechnet. Das hieß die Striche im Notizbuch der Tante, pro Zeile einer, zusammenzuzählen, mit 10 Pfennigen zu multiplizieren, und dann hatte man gleich die Gesamtsumme. Da kamen schon zwei Mark, manchmal auch 2,50 Mark zusammen, welche die Tante allerdings dann regelmäßig und zu unserer großen Freude auf 10 DM aufrundete.

Das war für die damalige Zeit sehr viel Geld!

Später, als ich etwas größer war, durfte ich sogar die Gipfeltriebe schneiden. Damit ich das Messer nicht verlieren konnte, band es Tante Marie mit einer Kordel an meinem Hosengürtel fest. Irgendwann im Laufe des Nachmittags glitt es mir aus der Hand, schwang um den Weinbergsdraht und drang tief in meinem Oberschenkel ein, direkt unterhalb meiner kurzen Lederhose. Da war ich nun an den Weinbergsdraht gefesselt, und auch nur die geringste Bewegung tat entsetzlich weh. Ich rief nach Tante Marie. Sie kam sofort und strahlte dabei eine solche Ruhe aus, dass ich alleine schon deshalb Zuversicht gewann. Sie zog das Messer heraus, und ich setzte mich zunächst aufs Dach des Wingertshäuschens. Doch wenig später, als sich bei mir stärkere Schmerzen und infolgedessen Sorgen bei der Tante eingestellt hatten, gingen wir in den Ort zurück. Dort rief Tante Marie bei Leuten, die ein Telefon hatten, meine Großmutter im Geschäft an und bat sie, meine Eltern nach Oberndorf zu schicken, um mich nach Hause zu unserem Arzt zu bringen. Leider ein verkürzter Aufenthalt in Oberndorf, der in einer Behandlung durch Dr. Simon, unseren Hausarzt, endete. Er behandelte die Wunde mit einer scheußlich stinkenden Salbe und mehreren Bestrahlungen. Was blieb, war die Erfahrung, dass Messer gefährlich sind, und eine kleine Narbe. Was mir besonders nachhaltig in Erinnerung blieb, war, dass mein Zeilengeld nicht gekürzt wurde und ich trotz der vorzeitigen Heimfahrt meine 10 DM erhielt. Auf die Tante war einfach Verlass.

Oberndorf hieß auch Ernte im Garten der Tante im Ort in unmittelbarer Nähe der Alsenz. Meine Schwester und ich setzten uns gerne auf den Holzsteg, der über den Bach führte, warfen Blätter hinein und sahen ihnen nach, bis sie endlich unseren Blicken entschwanden. Einmal hatte ich meinen Tiefstecher dabei. Ich befestigte ihn an einer langen Schnur, dann ließen wir ihn ins Wasser und gaben Leine. Majestätisch schwamm das selbstgebaute, feuerrote Schiff in der Alsenz. Ein Erlebnis, um das mich alle Stadtkinder beneiden konnten.

Wasser für den Garten der Tante wurde aus dem Bach geschöpft. Dazu konnte man unterhalb des Stegs über zwei Trittsteine an eine tiefere

Stelle des Baches gelangen und so bequem die Gießkanne füllen. Ich erinnere mich gut daran, wie Bürgermeister Fröhlich, ein Gartennachbar, ebenfalls Wasser fassen ging. Ich beeilte mich, um vor ihm dort zu sein, füllte meine Kanne und wollte zurück zur Tante springen. Da stand er bereits auf dem ersten Stein, versperrte mir den Weg zurück und machte auch keine Anstalten, den Weg freizugeben. Ich musste also, um aufs Trockene zu gelangen, ins Wasser treten und kam mit nassen Füßen zum Garten zurück. Meine Beschwerde bei der Tante führte lediglich zu der Antwort, dass er der Bürgermeister sei, und ich daher erst nach ihm hätte Wasser schöpfen dürfen. Obwohl ich das nie eingesehen habe, hielt ich mich künftig an diese Ordnung. Ein Bürgermeister war etwas Besonderes, weil er ein Gewählter war. Noch heute beschäftigt mich die Frage, ob Gewählte besondere Rechte haben oder nicht. Eines gilt sicher auch heute: Wenn man ihnen keinen Vortritt gewährt, bekommt man leicht nasse Füße.

Ganz besonders eindrucksvoll war, wenn die Tante bei Dunkelheit mit uns Kindern zur nahegelegenen Umspannstation ging. Dann standen wir atemlos an dem Zaun, der das Gelände sicherte, starrten auf die vielen Lichter und lauschten etwas ängstlich dem Brummen der Transformatoren. Ja, Strom war zwar nützlich, aber auch unheimlich und gefährlich. Als einige Tage nach einem solchen Besuch ein Gewitter die Stromversorgung lahm legte, suchte Tante Marie verzweifelt das Gebetbuch, um ein dem Anlass entsprechendes Gebet zu finden. Gespenstisch flackerte die Kerze in ihrer Hand, als sie suchend durchs Haus lief, und uns allen wäre es lieber gewesen, wenn wir beisammen geblieben wären, wo die Blitze doch so grell, häufig und nahe waren und der Donner überhaupt nicht verstummen wollte. Als das Gewitter vorüber war und das Licht wieder brannte, fand die Tante auch ihr Gesangbuch. Beten wollte niemand mehr, besonders Oma Philippine nicht. Vielleicht hätte sie es lieber gesehen, wenn man den glimpflichen Ausgang des Unwetters auch einem rechtzeitig gesprochenen, tiefen Gebet hätte zurechnen können.

Im Herbst beteiligte sich unsere gesamte Familie an der Weinlese. Frühmorgens ging es in die Reben. Papa trug auf dem Rücken die sogenannte „Hott", einen länglichen Behälter, in den eimerweise die geernteten Trauben von den Leserinnen geschüttet wurden. Es war

Schwerstarbeit, diese Last den steilen Berg hinauf zur Mühle zu tragen, wo sie in deren Öffnung geschüttet und gemahlen wurde. Es bereitete uns viel Spaß, schwunghaft an dem großen Rad zu drehen, bis alle Trauben gequetscht und im darunter stehenden Bottich angekommen waren. Besonders genossen wir den Traubensaft. Dazu musste man ein Glas vorsichtig in die Maische drücken, sodass nur die Flüssigkeit über den Glasrand fließen konnte, während Stengel, Traubenhaut und Kerne sich davor stauten. Der Saft schmeckte herrlich, und die anschließende „Flottschiss" war, als Darmreinigung verstanden, ein wichtiger Beitrag zur persönlichen Gesundheit. Im Hof der Tante wurde die Maische dann gekeltert und bis auf einen überschaubaren Rest für den Haustrunk in großen Fässern zur Weiterverarbeitung nach Mannweiler gefahren. Später genossen wir dann den Süßen und den Bitzler, von dem auch wir Kinder in Maßen trinken durften.

Einmal waren wir mit Opa Heinrich in Oberndorf. Er saß lange auf einem Stuhl neben dem Weinbergshäuschen im Gänsberg und genoss den Blick über das Alsenztal bis hin zum Donnersberg und dann hinüber zum Stahlberg. Dieser Platz ist für mich bis heute eine Stelle geblieben, an der sich zwei Lebenskreise schneiden, der seine und der meine. Immer, wenn ich in Oberndorf bin, und nach dem Verkauf des Hauses im Ort ist der Gänsberg meine Anlaufstelle, verweile ich gerne dort und lasse mich von der kargen, aber schönen Erinnerung an ihn gefangen nehmen. Und manchmal, wenn die Dämmerung hereinbricht, ist mir, als spürte ich seine Anwesenheit, als sei er in der Nähe, als hörte ich ihn reden, wie in einem Zimmer nebenan.

Sonntagsfahrer

Fahren war für uns in der Familie etwas Besonderes. Seit der Erfindung des Automobils waren wir mobil. Gleich wie angespannt unsere wirtschaftliche Lage war, ein fahrbarer und fahrbereiter Untersatz stand jederzeit zur Verfügung.

In mir brannte dasselbe Verlangen nach Mobilität, und so stand für mich als Kind mein kleines grünes „Fahrrädchen", wie mein Opa es liebevoll nannte, im Mittelpunkt des täglichen Erlebens. Wenn es überhaupt nur ging, war ich damit unterwegs. Manchmal konnte ich Mutti auch dazu überreden, sie bei ihren Einkäufen und Besuchen auf dem Fahrrad begleiten zu dürfen. Das war vor allem deshalb interessant, weil ich so auch Strecken außerhalb unseres Hofes befahren konnte, die mir ohne Aufsicht sonst nicht zugänglich waren. Als ein Problem entpuppte sich dabei mein Wunsch, schneller zu fahren, als meine Mutter gehen konnte oder wollte. Vorausfahren durfte ich nicht, weil sie das für zu gefährlich hielt. Also blieb ich zurück und raste ihr nach, wenn sie einen entsprechenden Vorsprung gewonnen hatte. So auch einmal vom Galgenberg kommend die Möllendorfstraße abwärts. So schnell es ging bis wenige Meter vor meine Mutter und dann eine Vollbremsung, mit blockiertem Hinterrad 180 Grad um sie herumrutschend – und dann ein Knall: Das Hinterrad war platt. Mantel durchgescheuert, Schlauch auch! Mehr als das hat mich ihr Kommentar erschüttert: Sonntagsfahrer! Das war der schlimmste Tadel, den es bei uns in der Familie für ungeschickte Fahrer gab.

Ersatz gab es keinen. Das kleine grüne Fahrrad stand in der Werkstatt meines Großvaters und wartete auf seine Reparatur. Tag für Tag, Woche für Woche. Irgendwann einmal ließ mich Opa Heinrich in der Küche des Hauses in der Schillerstraße hinter den Küchenschrank schauen. Dort stand versteckt ein funkelnagelneuer Mantel! „Dein Weihnachtsgeschenk!", sagte er augenzwinkernd.

Modellflug

Mein Vater war ein begeisterter Modellbauer. Dafür hatte er eine ausgeprägte Begabung, und seine Flugmodelle fanden allerorten uneingeschränkte Anerkennung.

Zunächst baute er Segelflugmodelle. Geflogen wurde nach Feierabend auf der flachen Hangwiese beim Entersweilerhof, östlich von Kaiserslautern. Es handelte sich um Freiflugmodelle, die oft weite Strecken hangabwärts flogen. Ich sprang hinterher und brachte sie nach der Landung zurück.

Bald jedoch ging Papa, wie andere Modellbauer auch, dazu über, motorgetriebene Freiflugmodelle zu bauen. Die konnten natürlich nicht mehr auf der von Wald umgebenen kleinen Wiese beim Entersweilerhof gestartet werden. Deshalb zog die Fliegergemeinde zum Fröhnerhof, der schon vor und während des Krieges als Fluggelände gedient hatte.

Motormodelle waren schon etwas anderes. Nicht nur, dass die kleinen Motoren einen ungeheuren Lärm verursachten. Das ganze Drumherum war interessant. Es roch nach Treibstoff, der aus interessanten Flaschen in den Tank gespritzt wurde. Dann musste der Motor durch kräftiges Drehen am Propeller angeworfen werden. Mehr als einmal entfuhr dabei meinem Vater ein kräftiger Ausdruck, wenn ihm nach einer Fehlzündung der Propeller mit seiner scharfen Kante heftig auf den Zeigefinger schlug. Ich kann mich an Tage erinnern, an denen er nacheinander alle Finger seiner rechten Hand einsetzte, um die Schmerzen auf diese Weise in Grenzen zu halten.

Wenn der Motor endlich aufheulte und konstant lief, wurde das Flugzeug gestartet. Steil erhob es sich in die Luft und wurde rasch immer kleiner. Nun galt es, seine Hauptflugrichtung zu erfassen und mit der Verfolgung zu beginnen, denn war es erst einmal aus den Augen verloren, drohte sein Verlust. Aber auch wenn die Landung zu weit vom Verfolger entfernt erfolgte, bedeutete dies eine elende Sucherei. Sicherheitshalber stand natürlich auf jedem Modell der Name des Besitzers, und häufiger erreichte uns Wochen nach einem Verlust eine Postkarte mit Namen und Adresse des Finders, bei dem wir dann das Modell gegen einen entsprechenden Finderlohn wieder abholten.

Natürlich gingen die Flieger auch häufig zu Bruch. Dann waren Reparaturstunden angesagt. Dabei lernte ich, dass es mitunter sehr viel schwieriger ist, ein Flugzeug zu reparieren, als es neu aufzubauen. Aber die vielen schönen Erlebnisse führten zu so etwas wie einer persönlichen Beziehung mit dem Modell, so dass es auch nach einem Kapitalschaden repariert wurde.

Das Material für die Reparaturen, aber auch die Bausätze, Motoren und später die Funkfernsteuerungen, erwarben wir beim Fachgeschäft Humann. Herr Humann war ein sehr netter, aufgeschlossener und fachkundiger Geschäftsmann, mit dem man stundenlang über Modellbau fachsimpeln konnte. Später, als er sich aus Altersgründen aus seinem Geschäft zurückgezogen hatte, wurden wir Kunde bei Gotthold. Das Geschäft war mir aus meiner frühesten Jugend bekannt, es lag keine 30 Meter entfernt vom ehemaligen Sanitätshaus meiner Großmutter. Zwischenzeitlich hatte Herr Stütz, ein Neffe der Familie, in dem Spielwarengeschäft eine Modellbauabteilung aufgebaut.

Auf dem Fröhnerhof gesellten sich zahlreiche Amerikaner vom nahegelegenen Stützpunkt Sembach zu uns. Sie waren natürlich hochwillkommen, weil sie aus unserer Sicht reich waren und Zugang zu Material hatten, das wir so nicht kannten. Sie waren alle sehr nett, aufgeschlossen und hilfreich. Einige von ihnen sprachen sogar deutsch. Eines fiel mir allerdings von Anfang an auf: Sie bevorzugten alles, was „motor powered" war. Und so verfolgten sie davonfliegende Modelle natürlich mit dem Auto.

Die nächste Stufe in unserer Entwicklung als Modellflieger war gekennzeichnet durch das Aufkommen von Funkfernsteuerungen. Auch mein Vater erwarb eine solche. Es handelte sich dabei um ein Fabrikat der Firma Graupner. Der Sender hing wegen seines enormen Strombedarfes an der Autobatterie, und nicht selten schoben wir nach einem Flugtag unser Auto an, weil der Motor wegen akuten Strommangels nicht mehr ansprang. Aber das war überhaupt kein Problem, denn in der Fliegergemeinde half jeder jedem gerne, und ich lernte dabei zumindest durch Anschauung diese alternative Art, einen Motor in Gang zu setzen. Der Empfänger im Modell und die Rudermaschinen wurden durch große Batterien, die im Rumpf verstaut waren, versorgt.

Papa baute die Fernsteuerung in unseren Funkstar ein. Der Funkstar war mein Lieblingsmodell. Zweibeinfahrwerk, roter Rumpf mit einer schönen Plexiglashaube, weiße, abgestrebte Flügel und ein Fünf-Kubikzentimeter-Motor. An einem wunderschönen Samstagnachmittag war es dann soweit. Der Funkstar stand neben unserem Auto, inzwischen einem Opel Olympia. Das Seitenruder bewegte sich rhythmisch hin und her. Dies war so bei diesen ersten Anlagen. Mit dem Steuerimpuls veränderte man den Ausschlag zugunsten der gewünschten Seite, und die Richtungsänderung erfolgte dadurch sehr sanft. Um uns herum hatten sich alle Modellflieger versammelt. Deutsche, Amerikaner und ein entsprechendes Sprachgewirr. Der vorgesehene Start war das Ereignis des Tages. Als Problem erwies sich wieder einmal der Motor. Während das Seitenruder zuverlässig hin- und herpendelte wollte er partout nicht anspringen. Einer nach dem anderen versuchte sich daran, bis er endlich, endlich aufheulte. Mein Vater griff nach dem Sender und führte die Ruderprobe durch. Alles klar!

Ein Freund stellte den Funkstar auf die Startbahn, und Papa gab Vollgas. Wie ein richtiges Flugzeug rollte das Modell an, hob den Schwanz, kam vom Boden frei und stieg zügig. Nachdem es eine gewisse Sicherheitshöhe erreicht hatte, steuerte es mein Vater behutsam auf Gegenkurs, und so überflog es uns in etwa 80 Meter Höhe. Der Motor brummte leise und zuverlässig, und ich konnte mich nicht erinnern, jemals etwas Schöneres gesehen zu haben. Etwas, das wir gebaut hatten, bewegte sich sicher durch die Luft, folgte trotz der großen Entfernung unserem Willen – einfach wunderbar. Der einzige Mangel war, dass man nicht drinnen saß.

Die Spannung ließ nach und wich sanft einer leise aufkommenden Routine. Der Start war gut gelungen, und der Flug als solcher verlief bisher reibungslos. Und das, obwohl es unser erster ferngesteuerter Flug war! Und Zeit, um sich auf die Landung einzustellen, war auch noch genug, denn der Treibstoff reichte für mindestens 15 Minuten!

Doch dann geschah das Unfassbare! Etwa dreihundert Meter von uns entfernt, inzwischen vielleicht 100 Meter hoch, ging der Funkstar plötzlich in eine Steilkurve nach links über, verlor rasch an Höhe und schlug hart auf. Entsetzen in den Augen meines Vaters.

Einer der Amerikaner fuhr mit seinem VW-Käfer zur Unglücksstelle und kehrte nach einiger Zeit mit einem Kofferraum voller Trümmer zurück. Mit Tränen in den Augen sortierte Papa die technischen Teile aus und warf die restlichen Trümmer, bestehend aus Holzteilen und Bespannungsfetzen, auf einen Haufen, den er mit seinem Feuerzeug entzündete. So ging mein Funkstar in Flammen auf. Dieses Feuer markierte jedoch nicht das Ende unserer Fliegerei, nein: Es war lediglich ein Meilenstein auf einem langen und spannenden Weg zum Segelflugsport, dem ich heute noch verbunden bin. Meine Oma hat uns häufig gefragt, ob wir es nicht leid seien, immer wieder solche mit langwierigen Reparaturen oder sogar Neubauten verbundenen Rückschläge hinzunehmen. Ich verstand damals auch nicht immer, warum wir trotzdem immer wieder weitermachten. Heute weiß ich es: Es ist eine Persönlichkeitskonstante der Menschen. Wir Menschen geben nicht auf, wenn es darum geht, unseren Lebensraum zu erweitern. Es liegt nicht in unserer Natur aufzugeben. Im Gegenteil: Kaum haben wir eine Stufe erklommen, halten wir Ausschau nach der nächsten Herausforderung. Wir greifen bildlich, aber auch im wahrsten Sinne des Wortes nach den Sternen, trotz aller Warnungen, dass der, der nach den Sternen greift, leicht den Boden unter den Füßen verliert. Und der Traum vom Fliegen, so alt wie die Geschichte der Menschheit, ist Ausdruck dieses Menschseins. Seine Verwirklichung hat unseren Horizont erweitert und vor allem eine geistige Basis geboten, von der aus wir uns weiter in den Himmel erheben können.

Nach dem Drama mit dem Funkstar litt unser beider Beziehung zu Motorflugmodellen erheblich. Lediglich der Reiz einer komplizierten Konstruktion veranlasste Papa, noch ein weiteres motorgetriebenes Modell zu bauen. Es war ein Nurflügler, also ein Flugzeug, das lediglich aus einem Flügel bestand. Er baute lange daran, und als es fertig war, strich er es mit einem gelben Lack, der von Ausbesserungsarbeiten an unserem Opel Olympia übrig geblieben war. Die Ruderflächen wurden rot lackiert – fertig war ein wunderschönes Modell mit einem starken Heckmotor, Dreibeinfahrwerk, ferngesteuerter Motordrossel und Seitenruder. Parallel dazu bauten wir einen Amigo, ein damals bewährtes Segelflugzeug ausschließlich mit Seitenrudersteuerung. In dieser Zeit prägte sich unsere Vorliebe für Segelflugzeuge nachhaltig aus. Seilstart, keine zerschundene Finger, ohne Gestank und Lärm, das war eine echte Alternative!

Trotzdem wagten wir einen Start mit dem Nurflügler. Als der Motor endlich lief, stellten wir das Modell auf die Grasstartbahn des Fröhnerhofs. Es beschleunigte gut und blieb auch exakt in der Spur. Mit zunehmender Geschwindigkeit richtete sich jedoch, für Flugzeuge diesen Typs nur normal, die Schnauze auf, was dazu führte, dass der Propeller des Heckmotors den Boden berührte und an Drehzahl verlor. Die Folge war ein entscheidender Geschwindigkeitsverlust, die Schnauze senkte sich wieder, das Modell beschleunigte erneut, und so lange so weiter, bis die Startbahn zu Ende war und das Modell in einen Graben donnerte. Dies war der endgültige Abschied von den Motormodellen. Der Nurflügler entging dem Schicksal des Funkstars. Er wurde nicht verbrannt, sondern zu einem Segelflugzeug umgebaut.

Den Amigo bauten wir für mich. Jeden Mittwoch Nachmittag in der Kohlenhofstraße 18, der Werkstatt des Flugsportvereines Kaiserslautern. Dort betreute Papa eine Gruppe Jugendliche im Modellbau. Es dauerte lange, bis das Modell nach dem Bauplan gebaut war. Die Mühe jedoch hatte sich gelohnt, denn es war wunderschön: weiße Tragflächen und ein feuerroter Rumpf. Wir zeigten es meiner Mutti. Sie war so beeindruckt, wie es jemand sein kann, für den die Fliegerei kein Lebensinhalt ist. Nach dem Abendessen montierten wir das Modell und legten es auf den Fußboden im Wohnzimmer. Dann saßen wir beide davor und träumten von seinem ersten Flug. Papa wollte es mit einem etwa 200 Meter langen Seil hochziehen. Ich sollte ganz alleine steuern. Deshalb erklärte er mir, wie ein solcher Seilstart vor sich ging. „Vor allem", meinte er, „darfst Du nie zuviel steuern. Das Modell fliegt alleine am Besten." Schnee sollte liegen, denn bei Schnee kann man besonders weich landen. An Weihnachten 1962 war es soweit. Es lag Schnee, und so machten wir uns am ersten Weihnachtsfeiertag vormittags auf den Weg zum Fröhnerhof. Papa trimmte das Modell noch einmal aus und warf es dann aus der Hand zu den ersten Flügen. Er schärfte mir nochmals ein, ja nicht unbedacht zu steuern, denn im Prinzip müsse der Amigo ganz von alleine fliegen. Und so war es auch. Nach einigen erfolgreichen Versuchen wurde es ernst. Papa legte das Seil aus. Wir hatten verabredet, dass ich die Hand heben würde, wenn alles startklar sei. Dann würde er anziehen.

Während er am anderen Ende des Seiles stand, schaltete ich die Fernsteuerung ein und prüfte, ob die Ruder richtig ausschlugen. Das war der Fall. Danach hängte ich den Ring des Seiles in den dafür vorgesehenen Haken an der Rumpfunterseite und hob den Amigo hoch über meinen Kopf. Nach kurzem Zögern gab ich das vereinbarte Zeichen. Als ich den Seilzug spürte gab ich das Modell frei. Lautlos stieg es steil und nahezu kerzengerade in die Höhe. Einmal korrigierte ich ein kleines bisschen nach rechts. Die Flugbahn wurde zunehmend flacher, und schließlich fiel die Öse aus dem Haken. Der Amigo war frei. Papa stürmte die mehr als 300 Meter Entfernung zu mir. Zwischenzeitlich hatte ich mit dem Modell einige Kreise geflogen. Es war alles so, wie er gesagt hatte, und wie wir uns das abends in unserem Wohnzimmer vorgestellt hatten, ja, es war eigentlich noch schöner – etwas, was im Leben wohl sehr selten ist, nämlich dass die Wirklichkeit schöner als die Vorfreude ist.

Mein Vater stand schweigend neben mir und ließ mich gewähren. Mein Ehrgeiz war es, den Amigo möglichst nahe bei mir zu landen. Wie man das macht, hatte ich schon oft auf Segelflugplätzen gesehen. Gegenanflug, Queranflug und dann Endanflug. Dabei in Bodennähe ja nicht zu stark steuern – einfach ganz flache Kurven fliegen. Und aufpassen: Wenn das Modell auf dich zufliegt, funktionieren die Ruder quasi verkehrt herum. Rechts steuern, links fliegen, und umgekehrt. Ganz geklappt hat es dann doch nicht. Mein Amigo flog in etwa drei Metern Höhe und zehn Metern Entfernung an uns vorbei. Dabei hörten wir in der Morgenstille das leise Rauschen der Flügel. Unweit von uns setzte er dann sanft im Schnee auf und glitt aus. Dabei zeichnete er eine wunderschöne Spur in den unberührten Schnee. Und so war es alleine mein Flug gewesen – der erste mit einem funkgesteuerten Modell und das ohne Hilfe. Wir starteten noch zweimal, und beide Male flog ich das Modell alleine. Papa kam auch nicht mehr hergelaufen. Ich fragte ihn anschließend, ob ich das Modell einmal hochziehen sollte, damit er fliegen könne. Er verneinte das, und so fuhren wir sehr zufrieden nach Hause. Heute weiß ich, dass er ganz alleine mir dieses Erlebnis gewähren wollte. Dieses schöne Erlebnis an diesem winterlichen Weihnachtstag sollte alleine mir gehören. Und so hat er es auch später gehalten. Mein Dank an ihn besteht darin, dass ich versuche, meinen Kindern ähnliche Erlebnisse zu vermitteln und selbst dabei ausschließlich eine dienende und keine teilhabende Rolle zu spielen. Die Liebe unserer Eltern verpflichtet uns unseren Kindern gegenüber, und wenn viele eines Tages keine Kinder mehr haben werden, wird eine große Liebe auf diesem Planeten gestorben sein.

Mit den Seglern kamen wir gut zurecht. Wir gewannen Routine und kauften uns nach und nach bessere und leistungsfähigere Funkfernsteuerungen. Vom Fröhnerhof wechselten wir auf den Elkenknopf bei Schallodenbach, wo man Hangsegelflug betreiben konnte. Stundenlange Flüge waren der Lohn für die lange Anfahrt. Schließlich flog ich so gut, dass Papa mich mit auf überregionale Wettbewerbe nahm. 1969 wurde ich sogar zweiter bei den rheinland-pfälzischen Meisterschaften in der Jugendwertung, dritter in der Gesamtwertung.

Eines Tages beschlossen wir, den Nurflügler als Segelflugzeug zu erproben. Auf der Hinfahrt nach Schallodenbach erklärte mir Papa die besonderen Eigenschaften von solchen Fluggeräten, die insbesondere in ihrer großen Stabilität lägen, so verstand ich das zumindest. Daher habe er auch besonders große Ruder vorgesehen.

Ruderprobe, alles klar, und raus in den Wind. Wie beim Hangflug üblich, wollte Papa unmittelbar nach dem Start parallel zum Hang einsteuern. Der Ruderausschlag war gut zu sehen. Der Nurflügler flog jedoch ungerührt geradeaus weiter und reagierte auch in der Folge auf keine Steuerbewegung. Ich fand ihn nach langer Suche weit drunten im Tal. Wieder oben am Startplatz übergab ich ihn Papa, der zu meinem Erstaunen wortlos die Fernsteuerung ausbaute. Danach ereilte das Modell doch noch das Schicksal des Funkstars. Es brannte, obwohl nur minimal beschädigt, vollständig ab. Er mochte die Verkörperung eines Fehlschlages nicht in seiner Umgebung haben.

Mit meiner Hinwendung zum Segelflug ebbte das Interesse am Modellflug ab und erstarb schließlich ganz. Die Fluggelände auf dem Entersweilerhof und dem Fröhnerhof sind heute in weiten Teilen wieder bewaldet und damit für dieses Hobby nicht mehr attraktiv. Wenn ich gelegentlich an diesen Orten vorüberkomme, steigen trotzdem intensive Erinnerungen an eine glückliche Kindheit in mir auf.

Goetheschule

Der sogenannte Ernst des Lebens begann mit meiner Einschulung im Jahre 1959. Meine Schule, die Goetheschule, liegt in unmittelbarer Nähe meines Elternhauses. Ein mächtiger, dunkler Bau, trotz seiner beachtlichen Höhe am Boden klebend, kein Ort, an dem Seelen fliegen lernen.

Am ersten Tag begleiteten mich meine Mutter und meine Schwester. Der Unterricht war bald zu Ende. Bei unserem Photographen Wilking wurde das obligatorische Schulanfängerphoto aufgenommen, das bis heute das Photoalbum ziert.

Am nächsten Morgen machte ich mich auf den Weg in die Schule. Diesmal alleine und zunächst ohne Erfolg. Ich fand mein Klassenzimmer nicht mehr! In meiner Verzweiflung lief ich wieder nach Hause. Das war ja nicht weit, und weil ich früh genug aufgebrochen war, verblieb noch genügend Zeit. Mutti fragte meine Schwester, ob sie sich noch erinnern könne. Nachdem sie dies bejaht hatte, bat sie meine Mutter, mich in die Schule zu begleiten. Und so fand ich dann mit Hilfe meiner jüngeren Schwester mein Klassenzimmer.

Unser Lehrer hieß Brill und war ein sehr strenger Mann. Er hatte im Krieg ein Bein verloren, und seine Prothese stammte aus unserem Geschäft in der Schillerstraße. Bei Verfehlungen, insbesondere wenn man schwätzte oder sonst wie den Unterricht störte, erhielt man einen Stockschlag auf die flach ausgestreckte Hand. In schwereren Fällen gab es auch schon mal einen Schlag mit einem Stuhlbein auf den Po. Das tat sehr weh, wie mir die Kameraden erzählten, die bereits einschlägige Erfahrungen gesammelt hatten. Deshalb gab ich mir Mühe, mich so zu verhalten, dass ich keine Prügel bekam.

Herr Brill musste öfters den Unterricht zur Teilnahme an irgendwelchen Besprechungen verlassen. Dann beauftragte er seinen Lieblingsschüler mit der Aufsicht über die Klasse. Für den Fall, dass es laut und undiszipliniert zuginge, drohte er ihm Schläge an. Also setzte sich dieser dann jedes Mal an das Lehrerpult und beobachtete die Klasse scharf. Im nachahmenden Lehrerton ermahnte er uns, ruhig zu sein. Einmal gelang ihm die Disziplinierung der Klasse nicht. Aus einem leisen Gemurmel wurde langsam laute Unterhaltung, die in Gejohle überzugehen drohte. In seiner Not brüllte er, dass er den nächsten, der rede, an die Tafel schreiben würde. Als es auch darauf hin nicht ruhig wurde, bat ich meine Kameraden, doch zu schweigen, woraufhin er mich an die Tafel schrieb. Als ich protestierte, schrieb er mich ein zweites Mal an, während die Klasse weiter grölte. In seinem Zorn schlug er mit Brills Stock hart auf die Kante des Pultes, woraufhin dieser zerbrach. Schlagartig war es ruhig im Saal. Uns allen war klar, was dies vor allem für des Lehrers Liebling bedeutete. Schließlich empfahl einer, den Stock doch einfach so zusammenzustecken, dass es aussehe, als sei er noch heil. Auch dessen Name erschien konsequent auf der Tafel. Danach wurde der Stock in der vorgeschlagenen Weise „repariert".

Bald darauf kam Lehrer Brill. Die, die angeschrieben waren, mussten vor ihm nebeneinander antreten, während unser Mitschüler unsere Verfehlungen vortrug. „Hände ausstrecken!" Nach diesem Kommando holte Brill kräftig aus mit dem Erfolg, dass der obere Teil des Stockes durch das Klassenzimmer flog. Unter dem hämischen Freudengeheul der Klasse griff er das abgebrochene Teil auf, fasste die beiden Stücke zusammen und schlug sie seinem Statthalter mehrfach auf Kopf und Schultern, während sich dieser laut aufjaulend zu seinem Platz flüchtete. So blieb mir eine körperliche Züchtigung letztendlich erspart, was auch dadurch erleichtert wurde, dass die Prügelstrafe an den Schulen recht bald verboten wurde.

Herr Brill bestätigte mir am 19. Oktober 1959 „Befriedigende Leistungen", am 31. März 1960 „Gute Leistungen", beides Mal in Betragen eine Eins. Manchmal denke ich heute, dass diese angestrebte Eins in Betragen ein fundamentales Missverständnis war. Ein Missverständnis meiner Eltern, nicht eines von mir. Ich konnte das nicht besser wissen. Ist es doch heute so, dass viele, vorlaut, unverfroren, unverschämt, brutal und gewalttätig, freie Fahrt haben. Alle Kinder, die in ihrer Jugend gelernt haben, sich zurückzunehmen, Anstand zu wahren, insbesondere bescheiden zu sein und nicht über Gebühr, sprich überhaupt nicht zu fordern, sind doch heute die Verlierer. Besuchen mit 40 Kurse, um sich zu erinnern an ihre kindliche Gewaltbereitschaft und Durchsetzungsfähigkeit, die heute unter dem Schutt der Erziehung brachliegt. Und trotzdem war unsere Erziehung richtig – und trotzdem werde ich als Erwachsener den Stab so und nicht anders weitergeben!

Jeden Tag fieberten wir der großen Pause entgegen. Dann stürmten wir auf den Schulhof. Natürlich Jungen und Mädchen getrennt. In der Mitte des Geländes verlief ein weißer Strich, rechts davon die Mädchen, links die Jungs. Allenfalls im dem Schulhaus abgewandten hinteren Teil konnte man diese Grenze überschreiten, was insbesondere die Siebt- und Achtklässler taten. Fürs Erste begnügten wir uns mit unserer Hälfte und spielten Fangen, Wettlaufen oder Fußball. Als Ball musste alles herhalten, auf das man Eintreten konnte. So eines Tages ein Brötchen. Voll auf das Spiel konzentriert merkte ich nicht, dass plötzlich alle meine Schulkameraden verschwunden waren. Als ich zum Torschuss ansetzen wollte, lief ich direkt auf die Pausenaufsicht auf. Deren Namen habe ich längst vergessen, was er sagte allerdings nicht. „Mit Essen spielt man nicht. Wer das tut, versündigt sich an den Armen der Welt. Du bleibst jetzt den Rest der Pause hier stehen und denkst darüber nach. Wenn es läutet hebst Du das Brötchen auf und wirfst es in den Abfallkorb."

Zehn Minuten können eine verdammt lange Zeit sein, und mir ging sehr viel durch den Kopf, während das geschundene Brötchen neben meinen Füßen lag. Zunächst natürlich, dass es keinen Sinn haben konnte, dieses Brötchen nach Afrika zu schicken. Bis es dort ankam, war es wahrscheinlich ausgetrocknet, hart und ungenießbar. Außerdem würde das natürlich viel Geld kosten, mehr als ein Brötchen wert ist. Aber, was ist ein Brötchen eigentlich wert? Fünf Pfennig? Gut, die konnte ich ja von meinem Taschengeld abzweigen. Aber wem geben? Vielleicht den Kindern in Afrika? Warum eigentlich nicht? Aber war das eigentlich das Problem? Mir dämmerte, dass das genau nicht das Problem war. Dieses lag nämlich darin, dass hier etwas, was der Natur hart abgerungen werden musste und was weltweit knapp war, im wahrsten Sinne des Wortes mit Füßen getreten worden war. Hier waren Menschen, die tagtäglich hungerten, verhöhnt worden. Und ich stellte mir vor, was diese denken würden, wenn sie uns auf irgendeine Weise beim Fußballspielen hätten beobachten können.

Keiner meiner Spielkameraden kam zurück und wir haben auch weder gleich noch später über den Vorfall gesprochen. Diese zehn Minuten haben mich sehr geprägt. Die Gedanken von damals beschäftigen mich auch heute noch. Zehn Minuten Strafe stehen für ein missbrauchtes Brötchen: Dieser Lehrer hat bei mir in zehn Minuten mehr bewirkt als unser prügelnder Klassenlehrer in zwei Jahren.

In der dritten Klasse hatten wir Frau Jäger und in Religion Kaplan Müller. Frau Jäger war eine mütterliche Lehrerin, und ich habe viel bei ihr gelernt. Kaplan Müller war ganz anders als die Priester, die ich bis dahin kennen gelernt hatte. Jung und dynamisch nahm er jeweils zwei Treppenstufen, sprach nahezu von gleich zu gleich mit uns, und wir Katholischen schlossen ihn daher schnell in unsere Herzen. Für mich gewann er eine besondere Bedeutung, denn er war Kaplan bei St. Marien, der Gemeinde, bei der ich die erste heilige Kommunion erhalten sollte.

St. Nikolaus auf der Dianahütte

Mein Patenonkel war damals Forstmeister in Waldmohr. Gemeint war damit, dass er das dortige Forstamt leitete. Während er uns, als er noch in Kaiserslautern beschäftigt war, oft mit Tante Margret auf eine Tasse Kaffee besuchte, wurde dieser Kontakt nach seinem Umzug seltener. Umso mehr freuten wir uns, als er uns ankündigte, dass der Nikolaus dieses Mal auf einer Hütte im Walde zu uns kommen würde. Voller Spannung erwarteten wir den Tag, nicht ohne die bange Frage, ob der Nikolaus überhaupt wissen könne, dass wir zum Nikolausabend nicht in der Böckingstraße, sondern eben auf der Hütte im Wald sein würden. Schließlich beruhigten wir uns in der Gewissheit, dass er dies schon rechtzeitig erfahren werde, denn er wusste ja sonst auch immer alles über uns.

Auf die Fahrt nach Waldmohr freute ich mich aber auch aus einem anderen Grund. Wenn man wollte, konnte man Waldmohr auch über die Autobahn erreichen, und Autobahn bedeutete, dass Papa schneller fuhr als sonst. Geschwindigkeit hat mich schon immer fasziniert, und so genoss ich die Fahrt bei Höchstgeschwindigkeit 115 Kilometer pro Stunde. Über die Abfahrt Waldmohr verließen wir die Autobahn. Am Eichelscheiderhof vorbei kamen wir in den Ort. Dort passierten wir zunächst die Hauptkreuzung, um kurz danach scharf rechts abzubiegen und Richtung Breitenbach zu fahren. Etwa 300 Meter nach der Waldziegelhütte ging es links in den Wald, nach einigen hundert Metern rechts steil bergan und schon waren wir bei der Dianahütte.

Wir waren tief beeindruckt. Geschützt von gewaltigen Buchen lag das kleine Gebäude mitten im Wald. Unterhalb der Hütte sprudelte eine klare Quelle, deren Wasser zwar sehr kalt war, uns aber dennoch gut schmeckte. Wasser nicht aus dem Wasserhahn, sondern aus einer Quelle mitten im Wald. Bald trafen auch die Reinhards-Kinder Albert, Peter und Michael, Neffen aus der Linie Tante Margrets, mit ihrer Mutter ein. Zunächst gab es für uns Kakao und Kuchen, danach durften wir, solange es noch hell war, ins Freie. Besonders angetan hatte es uns die Quelle. Wir hielten die Öffnung des Rohres mit der bloßen Hand solange es ging zu und freuten uns dann über den Wasserschwall, der sich den Weg in den steinernen Trog brach, wenn wir wegen der beißenden Kälte an den Handflächen loslassen mussten.

Die Freude währte jedoch nicht lange. Bald kamen fremde Kinder und machten uns den Platz an der Quelle streitig. Da sie uns zahlenmäßig überlegen waren, gaben wir nach und beobachteten missmutig, wie die anderen an der Quelle spielten. Als sie begannen, von dem Wasser zu trinken, hatten wir eine zündende Idee. Wir erklärten dem Anführer der Bande, der gerade einen großen Schluck Wasser genommen hatte, dieses Wasser dürfe man nicht trinken, da es giftig sei. Zunächst machte er dicke Arme und starke Sprüche, meinte, wir hätten ja überhaupt keine Ahnung. Als wir ihm jedoch erklärten, dass unser Onkel hier Forstmeister sei, wurde er zunächst sehr nachdenklich, dann begann er, heftig auszuspucken. Als wir ihn feixend darauf hinwiesen, er hätte das Meiste ja schon getrunken, hielt er sich den Finger in den Hals und versuchte auf diese Weise, sich des vermeintlichen Giftes zu entledigen. Auch seine Kameraden machten einen sehr bedrückten Eindruck, und es dauerte nicht lange, bis sie sich allesamt trollten. Uns blieb jedoch wenig Zeit, uns unseres Sieges zu erfreuen, denn wir wurden in die Hütte gerufen. Es hatte nämlich schon stark zu dämmern begonnen, und jeden Augenblick konnte der Nikolaus eintreffen.

In der Hütte war es gemütlich warm. Das Feuer im Ofen brannte, und ab und zu barst ein Holzscheit mit einem lauten Knall. Auf dem Tisch standen mehrere Kerzen und verbreiteten ein behagliches Licht. Immer wieder rieben wir ein Sehloch in die beschlagenen Fensterscheiben und starrten in den Wald – und dann sahen wir ihn! Zunächst nur schemenhaft zwischen den Bäumen, dann immer deutlicher und schließlich trat er aus dem Hochwald auf den Weg, der direkt zu unserer Hütte führte. Ja, so hatten wir ihn uns vorgestellt. Ein mächtiger Mann mit rotem Mantel und schlohweißem Bart. Es blieb uns kaum Zeit, Atem zu holen, denn schon polterte er an der Tür und trat ein. Auf dem Rücken hatte er einen riesigen Sack, der offensichtlich voller Geschenke war. Der Reihe nach mussten wir auf einen Stuhl steigen, der vor ihm stand. Von Angesicht zu Angesicht lobte und tadelte er uns für unser Verhalten im vergangenen Jahr, wobei wir von seiner Detailkenntnis sehr beeindruckt waren. Diese bezog sich zu unserem Erstaunen sogar auf Vorfälle, die erst am Morgen des Tages geschehen waren.

Nachdem er die Hütte wieder verlassen hatte, schauten wir ihm lange nach. Schweren Schrittes mit immer noch gut gefülltem Sack, denn er musste ja noch andere Kinder besuchen, verschwand er langsam im Hochwald. Als er unseren Blicken entschwunden war, wurden die Geschenke bestaunt. Alles nützliche Dinge. Sachen für die Schule, Kleidungsstücke und natürlich auch ein paar Süßigkeiten.

Dann war auch schon die Zeit gekommen, Abschied zu nehmen, denn wir mussten ja früh zu Bett. Die wenigen Schritte durch die Dunkelheit zum Auto hinterließen einen tiefen Eindruck bei mir. Beinahe heilig kam mir der dunkle Wald vor, und ein leiser Schauer stahl sich über meinen Rücken.

Mein erster Flug

In dieser Zeit kamen wir sonntags sehr oft in die Vorderpfalz. Dort besuchten wir einen Freund von Papa, der an den Wochenenden auf einem kleinen Flugplatz bei Birkenheide als Pilot tätig war. Rudi war sein Name. Das Flugplatzcafé lag direkt neben der Startbahn, und die rotweiß gestrichene Piper rollte nach jeder Landung auf ihren Abstellplatz unmittelbar neben dem Café, um in der Regel sofort neue Fluggäste aufzunehmen und erneut zu starten. Eines Tages, genau am 15. Oktober 1961, einem wunderschönen, sonnigen Oktobertag, fragte mich Papa, ob ich Lust hätte, mit ihm und Rudi zu fliegen. Natürlich hatte ich Lust. Mutti war eher zögerlich und insgeheim wünschte sie sich wohl, der Flug möge mir nicht gefallen.

Alles war sehr aufregend. Wir setzen uns in den Flieger, ich auf Papas Schoß. Der Motor wurde angerissen, und schon rollten wir Richtung Startpunkt. Nach der Vorflugkontrolle gab Rudi Vollgas und wir hoben nach einer kurzen Rollstrecke ab – und von diesem Augenblick an war Fliegen nicht mehr aus meinem Leben hinwegzudenken. Dieses unbeschreibliche Gefühl, sich über die Erde zu erheben, die kleiner werdenden Häuser, Straßen, Fahrzeuge und Menschen, der weite Blick über das Land, tief unter uns Bad Dürkheim, und die Geborgenheit, die ich in dem Flugzeug empfand – einfach wunderbar. Papa stampfte mit den Füßen auf, um mir zu demonstrieren, dass das Flugzeug fest in der Luft liege. Dessen hätte es nicht bedurft, ich hatte unendliches Vertrauen zu diesem Flugzeug, das unserem so unglücklich untergegangenen Funkstar so sehr ähnelte, und zu seinem Piloten.

Viel zu schnell war der Flug vorbei, und von da an wurde mir die Zeit bis zu meinem 14. Lebensjahr sehr lang. Denn mit 14 Jahren kann man auch heute noch eine Segelflugausbildung beginnen und, sofern erfolgreich, auch alleine fliegen.

Meine erste heilige Kommunion

Oma Philippine war das christliche Herz unserer Familie. Sie besuchte regelmäßig und mehrmals wöchentlich die heilige Messe und kommunizierte jedes Mal. Im Abstand von vier bis sechs Wochen ging sie zur Beichte in die Klosterkirche im östlichen Teil der Stadt. Sie fühlte sich dort besser aufgehoben als in ihrer Heimatpfarrei. Unsere christliche Erziehung lag ihr sehr am Herzen, und so achtete sie sehr darauf, dass wir wenigstens an den Sonntagen ebenfalls zur Kirche gingen. Sie hatte sehr schnell bemerkt, dass ich eine Zuneigung zu Kaplan Müller empfand und nutzte dies in ihrem Sinne geschickt aus.

Die Vorbereitung auf die erste heilige Kommunion war sehr anspruchsvoll. In der Woche nach Ostern mussten wir täglich morgens in die Marienkirche kommen und den Ablauf der Zeremonie einüben. Dabei spielte der Kirchendiener, Herr Fries, eine besondere Rolle. Während der Pfarrer sich oben am Altar aufhielt, sorgte er dafür, dass wir richtig aus den Bänken ausrückten. Nach links aus der Bank, dann nach hinten, bis der letzte die Bank verlassen hatte. Dann machte die ganze Gruppe kehrt, und es ging vor zu den Bänken vor dem Hochaltar. Der Weg dorthin war mit weißen Kreidestrichen auf die Teppiche aufgemalt. Es wollte jedoch einfach nicht klappen. Mal rückten wir zu stark auf, mal liefen wir die Kurve zu eng, und was sonst noch alles. Herr Fries förderte unsere Aufmerksamkeit durch zahlreiche Kopfnüsse, wie er ohnehin Autorität und Rolle des Pfarrers in dem Maße übernahm, wie dieser sich von ihm und uns entfernte. Papa hatte ihn im Übrigen besonders auf dem Kieker. Dies hing mit einem Vorkommnis bei meiner Taufe zusammen, an das ich mich leider, aber auch natürlicherweise, nicht erinnern kann.

Ebenfalls auf der Agenda stand in diesen Tagen die erste Beichte. Man überhöhte unsere Verfehlungen, und ich weiß bis heute nicht, ob das unterm Strich gut für uns war oder eher zu unserem Nachteil gereichte. Auch hier hatte Fries einen seiner grandiosen Auftritte. In der Reihe vor mir wusste ein Junge nicht mehr, was beim Betreten des Beichtstuhles zu sagen war. Während ich es ihm zuflüsterte kam Fries lautlos von hinten angeflogen und klatsch, klatsch hatte jeder von uns seine Ohrfeige eingefangen.

Große Sorgen hatte ich am Morgen des weißen Sonntags. Es war der 29. April 1962. Aus Versehen und in der Aufregung vor dem großen Ereignis vergaß ich, dass ich ja nüchtern bleiben musste und aß ein kleines Stückchen Kuchen. Bereits der zweite Bissen blieb mir im Halse stecken. Wie sollte ich nun zur ersten heiligen Kommunion gehen? Ich musste mich in diesem Zustand ja unbedingt versündigen – oder hatte ich sogar bereits gesündigt? Beichten konnte ich auch nicht mehr. So ließ ich den Dingen ihren Lauf, nicht ohne nachher ein sehr schlechtes Gewissen zu haben.

Kaplan Müller tauchte noch zweimal in unserer Familie auf. Einmal mit dem Ansinnen, ich solle Messdiener werden, was meine Mutter und mein Vater sehr zum Leidwesen von Oma ablehnten. Die Begründung war sehr dünn. Sie fanden, dass ich dann an den Sonntagen, an denen ich ausschlafen könnte, so früh aufstehen müsste. Ich denke, Papa vermied hierdurch eine Bindung an die Kirche, die seinen Plänen mit seinem Jungen eher entgegengestanden hätten. In dieser Beziehung dachte er immer sehr irdisch.

Später schlug Kaplan Müller vor, mich auf eine Jesuitenschule zu schicken, was mein Vater ebenfalls nicht billigte. So schwand die Vision meiner Großmutter, ihr Enkel würde dem Ruf Gottes folgen und Priester werden.

Kubakrise

In diese Zeit fällt auch ein Ereignis, das uns Kinder und mich ganz besonders beunruhigte. Es begann damit, dass die Erwachsenen begannen, mit besorgter Miene und leiser Stimme von einer schlimmen Krise zu reden. Da war die Rede von kommunistischem Weltherrschaftsstreben, das keine Grenze kenne. Da war die Rede davon, dass die Amerikaner nun spüren würden, dass sie, wie ein gewisser Churchill gesagt habe, das falsche Schwein geschlachtet hätten, da war ernste Sorge vor dem Verlust der Freiheit im freien Teil der Welt, da war die Angst vor einem Atomkrieg und da war die Hoffnung, dass die Amerikaner es doch noch richten würden.

Vieles, was gesprochen wurde, verstand ich damals nicht. Eines Abends erkundigte sich Papa nach unseren Nahrungsvorräten und ließ die Badewanne voll Wasser laufen – für alle Fälle, denn er befürchtete, wie er uns sagte, einen neuen Weltkrieg. Trotz dieser schlimmen Botschaft blieb ich ruhig. Mich beeindruckte die Art und Weise sehr, wie meine Eltern mit dieser Situation umgingen. Ich ahnte, dass sie auf diesem Gebiet schon viel erlebt haben mussten und dass sie mit solchen Situationen gut umgehen konnten. Als wir zu Bett gingen, beteten wir gemeinsam mit Oma Philippine für Frieden auf dieser Welt. Was mochte dabei in ihrem Kopf vorgegangen sein? Sie hatte bereits zwei Weltkriege erlebt, Kriege, die die Menschheit an den Rand des Abgrundes geführt hatten. Wie stark musste sie in ihrem Glauben verwurzelt sein, dass sie es verstand, ihre gläubige Zuversicht betend in Worte zu fassen, die uns beruhigten und uns in dieser Schicksalsnacht den Segen eines tiefen Schlafes gewährten.

Ich erinnere mich an den nächsten Tag, an den Moment, als Papa das Wasser in der Badewanne abließ mit der frohen Botschaft, die Gefahr sei gebannt.

Unser erster richtiger Urlaub

Der Krieg lag nun schon mehr als fünfzehn Jahre zurück, und die Deutschen gingen daran, das Leben wieder zu genießen. Heute nennen wir jene Zeit die des Wirtschaftswunders. Papa arbeitete als technischer Zeichner bei Pfaff. Er hatte zwar sein Studium als Diplom-Ingenieur abgeschlossen, jedoch keine adäquate Anstellung gefunden. Trotzdem hatten sich unsere finanziellen Verhältnisse stabilisiert. Wir hatten sogar einen eigenen Gebrauchtwagen, einen Opel Olympia, gelb mit weißem Dach. Das Auto stand im Hof der Böckingstraße und wurde nachts mit einer Plastikplane abgedeckt. Papa und ich schwangen sie abends mit Schwung über die Karosserie, und so war das Fahrzeug vor den nächtlichen Wetterunbilden einigermaßen geschützt. Später stellten wir fest, dass durch das Überziehen der Plane der Lack am rechten vorderen Kotflügel bis auf die Grundierung quasi abgeschliffen worden war. Bis dahin vermittelte sie jedoch das gute Gefühl, etwas zum Erhalt des Autos beigetragen zu haben.

Eines Tages in den großen Ferien kam das Fahrzeug außerhalb des Turnus in die Kfz-Werkstatt „Dewerth". Unsere Eltern erklärten uns, wir führen dieses Jahr in Urlaub, nach Bad Fischau in Österreich bei Wien. Die Wochen vor dem Urlaub waren gekennzeichnet von den Reisevorbereitungen. Schließlich wurde das Auto poliert, gepackt, und früh morgens ging es los. Zurück blieb Oma Philippine, um die Wohnung in der Böckingstraße zu hüten.

Ich durfte vorne fahren, weil mir auf dem Rücksitz immer schlecht wurde. Die Fahrt ging über Johanniskreuz durch das Wellbachtal nach Karlsruhe, dort auf die Autobahn Richtung München. Unser Opel schnurrte wie ein Uhrwerk. Wir staunten über die vielen Fahrzeuge auf der Autobahn und über die Geschwindigkeit, die man hier fahren konnte. 100, 110, manchmal, wenn es bergab ging, sogar 125 Kilometer in der Stunde.

Dann kam München. Mutti erklärte uns, dies sei eine sehr große Stadt und Papa müsse sich nun voll konzentrieren. Also war Schweigen angesagt. Die Autobahn führte direkt in die Stadt hinein, und ab da umgab uns ein unglaubliches Tohuwabohu. Wir wurden links und rechts überholt, ständig hupte irgendjemand aus irgendeinem unerfindlichen Grund. Nachdem wir anfänglich gut im Verkehrsfluss mitschwammen, blieben wir urplötzlich auf einer Kreuzung liegen. Der Motor war abgestorben und machte keinerlei Anstalten, wieder anzuspringen. Sofort staute sich der Verkehr, die Huperei eskalierte, schließlich kamen mehrere Leute und schoben uns kurzerhand über die Kreuzung auf einen Parkstreifen. Dort holten wir erst einmal tüchtig Luft. Dann schimpfte Papa heftig über den alten Dewerth, der nicht einmal ein Auto so warten konnte, dass es ohne Mucken lief. Danach verschwand er unter der Motorhaube, und einige Minuten später konnte es weitergehen.

Wieder auf der Autobahn sahen wir bald riesige Berge am Horizont auftauchen. Die Alpen, wie uns erklärt wurde. Ob und wo wir Mittagstisch hatten, weiß ich nicht mehr. Gut erinnere ich mich jedoch daran, wie wir am Fuß der gewaltigen Berge, in Teisendorf, die Autobahn verließen und Quartier im Hotel Moorbad nahmen. Wir standen am geöffneten Fenster unseres Zimmers und blickten der glutrot untergehenden Sonne nach. Die Luft roch so kräftig und so anders als in Kaiserslautern – es war einfach wunderbar.

Am nächsten Tag ging es weiter. Als nächste Herausforderung war die Grenze nach Österreich zu passieren. Wir hatten tüchtigen Respekt vor der Grenze. In unserer Vorstellung war sie etwas besonderes, und man musste sich ordentlich benehmen, wenn man sie ungeschoren passieren wollte. Nach einer kurzen Wartezeit waren wir dann dran. Die Papiere wurden kontrolliert. Wo denn die Kinder eingetragen seien? Bei der Mutter! Alles in Ordnung. Und so waren wir dann in Österreich, vor den Toren Salzburgs.

In Salzburg sahen wir uns Schloss Hellbrunn an. Besonders beeindruckte uns in dessen Garten der Fürstentisch mit seinen steinernen Stühlen. In deren Sitzflächen waren Düsen eingebaut, durch die je nach Belieben des Hausherrn, des Fürsterzbischofs, die Gäste von unten bewässert werden konnten – und die durften nicht aufstehen, bevor der die Tafel aufgehoben hatte. Auch im Garten waren an Stellen, an denen man das nicht vermutete, solche Wasserdüsen versteckt, so zum

Beispiel auch in den Spitzen eines mächtigen Geweihs.

Österreichischen Humor erlebten wir in der Kronengrotte. Dort fuhr urplötzlich eine Krone auf einem Wasserstrahl in die Höhe. Der Führer kommentierte lakonisch, dies sei die einzige funktionierende österreichische Rakete.

Danach wurde die Fahrt fortgesetzt. Mitten durch die Alpen. Die Passstraßen begeisterten mich immer wieder mit ihren engen Kurven, über die sie rasch an Höhe gewannen. Später erzählte ich meiner Oma ganz begeistert, die Kurven seien so eng gewesen, dass nicht einmal mein großes Bett auf der Grasfläche dazwischen Platz gefunden hätte. Für unser Auto war dies natürlich eine gewaltige Belastung. Die Wassertemperatur stieg bergauf bedrohlich an, und mit zunehmender Höhe fuhren wir im zweiten und schließlich im ersten Gang. Bergab waren die Bremsen das Problem. Sie durften nicht heiß werden, was bedeutete, dass Papa mit der Motorbremse arbeitete. So lernte ich gleichzeitig viel über die Besonderheiten einer Autofahrt im Gebirge. Häufig rasteten wir an schönen Aussichtspunkten und genossen den herrlichen Ausblick. So zog sich die Fahrt den ganzen Tag lang hin, und abends beschlossen wir, weniger als 100 Kilometer vor dem Ziel, in Mürzzuschlag ein zweites Mal zu übernachten. Hotel Post hieß die Herberge, und wir fühlten uns auch dort sehr wohl. Allerdings gab es hier nicht den weiten Blick in die Ferne, sondern dieser Ort war umgeben von hohen Bergen. Mir dämmerte, dass Menschen, die hier aufwuchsen, anders sein mussten, als die in Teisendorf oder bei uns. Vielleicht mit einem engeren Horizont und in ständiger Sorge vor Gefahren, die von diesen mächtigen Gipfeln ausgehen konnten.

Am Tag darauf nahmen wir die letzte Etappe in Angriff und erreichten um die Mittagszeit Bad Fischau. Als erstes steuerte Papa ein verwahrlostes Trümmergelände an, parkte das Auto und verschwand ohne viele Worte auf dieser Fläche. Ab und an konnten wir sehen, wie er nachdenklich, manchmal suchend, kreuz und quer ging. Neben dem Auto konnten wir ein Schild erkennen, auf dem stand, das Betreten dieses Geländes sei verboten. Und von da an sorgten wir uns, bis Mutti uns erklärte, dass hier einmal die Kaserne gestanden habe, in der Papa seinen Dienst als Soldat 1941 angetreten habe. Er kenne sich hier sicherlich noch aus, und wir bräuchten uns keine Sorgen zu machen.

Als er endlich zurückgekommen war, fuhren wir ortseinwärts zum Gasthof Fromwald. Dort hatten wir Vollpension, will heißen, wir bekamen Frühstück, für uns Kinder mit Nesquik, was uns zu Hause nicht angeboten wurde, Mittagstisch und Abendessen. Wenn wir über Tag unterwegs waren, gab uns die Wirtin Essenspakete mit, sodass wir über Mittag versorgt waren.

Es war ein herrlicher Urlaub. Die vierzehn Tage vergingen im Nu. Als Erstes erwarben wir eine Dauerkarte für das Thermalbad, das noch im Besitze der Habsburger war. Sehr warm war das Wasser nicht, insofern waren wir sehr ernüchtert. Schön war es trotzdem. Es gab ein Nichtschwimmerbecken, in dem wir schwimmen lernten, daneben ein ovales Schwimmerbecken und Richtung Eingang nochmals ein großes Becken. Besonders interessant war ein Wasserfall, den man über eine Treppe abwärts erreichte. Wir stellten uns darunter und genossen das frische Wasser, das mit großer Wucht auf unsere Schultern prallte. Danach war die Überwindung, in das kalte Becken zu springen, wesentlich geringer.

Besonders eingeprägt haben sich mir die Besuche auf dem Kaiserstein. Hierbei handelt es sich um ein Denkmal zu Ehren des Kaisers Franz Joseph, der dort einmal Brotzeit gemacht haben soll. Von dort sieht man weit ins Wiener Becken. Papa wies uns darauf hin, dass im Osten Ungarn läge, ein schönes Land, das man aber zur Zeit nicht besuchen könne, denn dort sei eine besonders schlimme Grenze. Und so wurde für uns der Begriff Grenze weiter bedeutungsschwanger, was sich besonders bemerkbar machte, wenn wir den Neusiedlersee besuchten und dabei sehr nahe an jene schlimme Grenze kamen.

Irgendwo hinter den wunderschönen Erlebnissen dieses Urlaubes lag etwas verborgen, das sich uns nicht erschloss. Ein Reflex einer vergangenen Zeit, die mit ihren Folgen weit in die damalige reichte und an der meine Eltern einen Anteil hatten, den sie im Wesentlichen für sich bewahrten. Erst später wurde mir klar, dass dieser Generation ihre Jugend gestohlen worden war und dass sie daher große Schwierigkeiten hatte, ihre innere Ausgeglichenheit wiederzufinden.

Viel zu schnell war der Urlaub vorbei. Auf der Heimfahrt übernachteten wir in Salzburg. Es war die Zeit der Festspiele, und ich durfte mit meinen Eltern abends im Fernsehen eine Aufführung von Mozarts Zauberflöte verfolgen. Die Musik verzauberte mich, und ich sprach noch lange davon.

Wieder zu Hause gab es viel zu erzählen, wie nach den vielen anderen Urlauben danach, die allesamt nach Bad Fischau führten.

Weihnachten bei Tante Liesel

Wann sich die folgende Begebenheit ereignete, vermag ich nicht mehr zuzuordnen. Es war wohl gegen Ende meiner Grundschulzeit. Kurz vor Weihnachten erkrankten Mutti und meine Schwester und lagen am Heiligen Abend mit Fieber im Bett. Mutti schlug Papa vor, er solle mit mir nach Landstuhl zu seiner Schwester und ihrer Familie fahren und dort feiern. So machten wir uns in der Heiligen Nacht auf den Weg. Es war sehr schön bei Tante Liesel und Onkel Peter. Die beiden waren Künstler und hatten einen außerordentlich schön geschmückten Weihnachtsbaum. Als Künstler, aber auch als Jäger, hatten sie Zugang zu den Amerikanern auf der Airbase Ramstein. Ein sehr praktischer Mehrwert dieser Kontakte war, dass sie über schier unbegrenzte Mengen amerikanischen Whiskys verfügten. Obwohl mein Vater Amerikanern und deren Kultur Zeit seines Lebens sehr ambivalent gegenüberstand, hinderte ihn dies nicht daran, beim Whiskykonsum tüchtig mitzuhalten.

So hatte ich weder ihn noch meine Tante oder meinen Onkel jemals erlebt. Die Stimmung wurde immer ausgelassener, und der Abend endete damit, dass Papa auf dem Hosenboden die steile Treppe aus dem dritten Stock hinunterrutschte. Danach fiel mir auf, dass es wesentlich länger als sonst dauerte, bis er die Autotür aufgeschlossen hatte. Endlich im Fahrzeug setzte ich mich auf den Vordersitz neben ihn. Das war damals noch nicht verboten. Nachdem der Motor lief, fuhr er sehr umständlich und vorsichtig rückwärts auf die Kaiserstraße. Gott sei Dank herrschte überhaupt kein Verkehr. Danach hielt er still und fragte mich, wo auf der Straße wir denn genau stünden. Rechts oder links? „In der Mitte.", war meine richtige Antwort. „Und wo fahren wir jetzt?", erkundigte er sich nach einigen hundert Metern Fahrt. „Links.", antwortete ich wahrheitsgemäß. Danach fragte er mich, ob ich das Auto vom Beifahrersitz aus lenken könne. Dies bejahte ich, denn ich hatte das auf dem Flugplatz schon einige Male bei Mitfahrten im Seilrückholfahrzeug geübt.

So fuhren wir langsam, aber sicher nach Hause. An der Einfahrt zu unserem Hof in der Böckingstraße übernahm er urplötzlich das Steuer und fuhr ohne zu zögern sicher auf den Abstellplatz, was mich ob der Enge der Einfahrt einigermaßen verblüffte.

Melancholie

Einmal ging ich nachts ans Fenster meines Zimmers und schaute zum Himmel. Es war Vollmond, ein silbernes Licht lag auf der Welt, und die Gebäude, Bäume, geparkten Fahrzeuge, alle Gegenstände, warfen sogar in der Nacht deutliche Schatten. Am Himmel zogen in jener Nacht Hunderte von kleinen Cumuli nach Osten. Im Mondlicht leuchteten sie hell und waren dabei freundlich anzusehen und zum Greifen nahe. Wie schön wäre es, dachte ich, könnte man mit ihnen durch die Nacht reisen. Über alle Sorgen und Nöte hinweggleiten zum Horizont und dahinter, leicht wie eine Feder und frei von allen Pflichten. Ich richtete mir ein Lager auf meinem Schreibtisch, der am Fenster stand, legte mich darauf und beobachtete stundenlang, bald im Halbschlaf, bald wach, den unaufhörlichen Strom dieser wunderbaren Gebilde. Optisch so eindrucksvoll und doch nur ein feuchter Hauch!

Später richtete ich dann meinen Blick zu den Sternen, und sie weckten eine noch größere Sehnsucht in mir. Ich sprach zu ihnen, versuchte, mein Sehnen in Worte zu fassen und mich diesem unendlichen Raum über mir mitzuteilen, der mir wie ein gewaltiger Dom erschien, in dessen Kuppel meine Worte verhallten. Gleichzeitig wurde mir meine Bedeutungslosigkeit in diesem Universum bewusst, und in mir erwachte der Wunsch, in dieser Weite aufzugehen, Teil von ihr zu werden. Und diese Erfahrung, dieses Gefühl, diese Sehnsucht weckten eine leichte Melancholie in mir, der ich mich gerne hingab. Schweben, auf den eigenen Körper schauen und dabei frei sein – die andere Seite der Medaille meines Lebens und ein wichtiger Gegenpart zur drängenden Hektik und den bohrenden Fragen des Alltags.

Mit dem Fahrrad unterwegs

Zu meiner heiligen Kommunion hatte ich mir Geld erbeten. Davon wollte ich mir ein Fahrrad kaufen. Es kamen 250 DM zusammen. Das reichte! Und so gingen wir zunächst zu meinem Großonkel Eugen, der ein Fahrradgeschäft hatte und daher bei einem größeren Fahrradhändler in der Stadt einen spürbaren Rabatt erhielt. Lange sahen wir uns im großen Ausstellungsraum dieser Firma um, bis ich mich schließlich für ein Panther-Rad mit Drei-Gang-Nabenschaltung entschied. Das Rad musste noch in einen verkaufsfertigen Zustand gebracht werden. Die drei Tage bis dahin wollten nicht enden. Dann hatte ich endlich mein Fahrrad! Welch ein Gefühl der Freiheit! Von meinem gesparten Geld leistete ich mir noch einen Tachometer. Ein wunderschönes Gerät. Dreieckig mit leicht geschwungenen Seiten, das Gehäuse silberfarben, die Anzeigenadel orange und der Hintergrund mit den aufgedruckten Geschwindigkeitsangaben bis 60 Kilometer pro Stunde türkis. Dieser Geschwindigkeitsmesser verdoppelte das Vergnügen, wenn es dann mit 50 Sachen die Böckingstraße hinunter ging, jederzeit in der Lage, mit der gut wirkenden Felgenbremse und dem Rücktritt schnell anzuhalten. Manchmal in den folgenden Jahren allerdings nicht schnell genug, was zu erheblichen Blessuren sowohl bei mir als auch am Fahrrad führte.

Eine besondere Herausforderung war für mich, am „Anschlag" zu fahren. Darunter verstand ich schneller, als die Anzeige reichte. Auf ebener Strecke klappte das nicht. Meine Kraft verließ mich dabei regelmäßig bei etwa 50 km/h. Eines Tages erzählte mir ein Freund, die Otto-Straße sei für mein Vorhaben hervorragend geeignet. Sie ginge so steil bergab, dass man den Anschlag leicht erreichen müsste, vielleicht sogar schon im Rollen. Also fuhr ich nachmittags dort hin, und tatsächlich: diese Straße ging sehr steil bergab! An diesem Tag fuhr ich, wenn auch nur kurz, am Anschlag!

In den folgenden Jahren unternahm ich viele Ausflüge mit meinem Fahrrad. Anfangs nur kleine „Runden". Den Langbau entlang in die

Pfaffstraße, oben angekommen nach rechts in die abwärts führende Herzog-von-Weimar-Straße, an deren Ende scharf gebremst und rechts herum wieder den Langbau entlang, bis die Beine nicht mehr wollten. Das war immer recht bald der Fall und so blieb es lange ein Traum, auf diese Weise zusammenhängend 36 Kilometer zu fahren, was der Strecke nach Oberndorf entsprach.

Nachdem meine Eltern Vertrauen in meine Verkehrstüchtigkeit gewonnen hatten, durfte ich meine Ausflüge auf den Bännjerrück ausdehnen. So ging es dann über die aus den Ausflügen mit meiner Großmutter noch bestens bekannte Bahnbrücke über die Stresemannstraße in das Neubaugebiet, in dem wunderschöne Häuser entstanden. Dort die noch unbefestigte Leipzigerstraße mit 40 km/h bei heftig vibrierendem Lenker hinunter und über die Hoheneckerstraße nach Hause. Dabei die Frage im Kopf, warum nicht auch wir ein eigenes Haus hätten. Mutti und Papa erklärten uns, dafür fehlte uns das Geld und sie wollten es nicht so machen, wie die anderen. Diese würden sich nämlich bei einer Bank hoch verschulden und müssten dann auf lange Zeit das Haus abbezahlen, wobei sie nicht wüssten, was die Zukunft an Unwägbarkeiten noch bringen würde. Schulden mache man nicht, sondern man leiste sich nur das, was man auf der Stelle bezahlen könne. Und so blieben wir weiter in der Böckingstraße wohnen.

Bald gab es seitens meiner Eltern keine Beschränkungen mehr für meine Fahrradtouren. Es gab so viel zu entdecken! Oft fuhr ich Richtung Vogelwoog. Dort gab es ein von Wirtschaftswegen durchzogenes Kiefernwaldgebiet, das im Norden von der Autobahn A 6 begrenzt wurde. Manchmal setzte ich mich auf deren Böschung und beobachtete mit spürbarem Fernweh den dahinrauschenden Verkehr.

Eines Tages wurde dieses Waldgebiet gerodet, und ein Gewerbegebiet entstand, das für Fahrradausflüge nicht sonderlich interessant war.

Meinen Spielkameraden blieben meine Fahrten natürlich nicht verborgen. Eines Tages schlossen sie sich mir an, und nachdem wir alle Stadtteile erkundet hatten, reichten unsere gemeinsamen Touren weit über die engere Stadtgrenze hinaus.

Ein besonders beliebtes Ziel war der Aschbacherhof südlich von Kaiserslautern. Zunächst ging es zum Bremerhof und von dort steil bergan auf den Letzberg. Von dort führte ein schmaler Wanderweg durch das Letzbachtal Richtung Aschbacherhof, den man mit entsprechendem Nervenkitzel schnell befahren konnte. Wenn Mädchen dabei waren, fuhren wir besonders halsbrecherisch, um diesen zu imponieren. So geschah es einmal, dass ich bei einem solchen Ausflug ebendort aus der Kurve getragen wurde und einiges unterhalb des Weges zum Liegen kam. Etwas benommen, aber auch in der Hoffnung, dass sich Karin, die mir damals sehr am Herzen lag, meiner annehmen würde, blieb ich regungslos liegen. Um so größer war die Enttäuschung, als die Mädchen, ohne nach rechts oder links zu blicken, die „Unfallstelle" passierten. Also nichts wie wieder aufs Rad und hinter der Gruppe her.

Das naturwissenschaftliche Gymnasium am Rittersberg

In der zweiten Hälfte der vierten Klasse trat die Frage eines Schulwechsels in den Vordergrund. Zwar hatte Anni Becker, eine Schulkameradin meiner Mutter und selbst Lehrerin, Mutti gesagt, ich sei nicht sonderlich begabt. Diese Erkenntnis hatte sie wohl von ihrem Mann, ebenfalls ein Lehrer, der einmal bei uns Vertretung gemacht hatte. Trotzdem bestand in unserer Familie kein Zweifel daran, dass ich auf die höhere Schule wechseln würde. Frau Jäger, unsere damalige Klassenlehrerin, setzte alsbald alle zueinander, welche die Schule wechseln würden. Wir erhielten schwierigere Aufgaben als die anderen, und sie forderte uns als Vorbereitung auf das Gymnasium besonders.

Nach den Sommerferien war es dann soweit. Ich ging auf das Gymnasium. Diesmal fand ich am zweiten Tag den Weg alleine, selbst mein Klassenzimmer fand ich problemlos – im Übrigen wäre der Weg zurück nach Hause zu weit gewesen.

Ich startete in nahezu allen Fächern als durchschnittlicher Schüler. Lediglich Mathematik bildete eine Ausnahme. Obwohl ich dem Unterricht problemlos folgen konnte, schrieb ich insgesamt drei Fünfen. Papa lernte mit mir, was jedoch oft dazu führte, dass ich zu weinen begann, wenn ich etwas nicht verstand. Viel wichtiger als das Rechnen mit ihm war für mich jedoch, dass er mir immer wieder Mut machte. Und obwohl er sicher war, dass ich es schaffen würde, gab er mir zu verstehen, dass es für ihn auch nicht schlimm sein würde, wenn sein Sohn wieder zurück auf die Volksschule müsste. Ein Gespräch mit dem Mathematiklehrer Dr. Friedhorst Ballier ergab, dass eine Fünf in Mathematik im Halbjahreszeugnis eines naturwissenschaftlichen Gymnasiums schon die Frage eines Schulwechsels nahe lege. Und so rückte ein Freitag, der auch noch ein 13. war, heran: Mathematikarbeit! Die vierte und die letzte vor dem Zwischenzeugnis. Ich schrieb eine glatte Zwei und hatte damit am Ende eine Vier. Entwarnung – und auch im zweiten Halbjahr nur noch Zweien. So konnte ich auf dem Gymnasium am Rittersberg bleiben und erhielt dort eine gute Bildung, auf deren Grundlage ich später sehr viel beruflichen Erfolg hatte. Entscheidend war damals jedoch nicht die Schule, entscheidend war das Vertrauen, das meine Eltern in mich hatten, und die Gewissheit, dass sie mich unabhängig von Erfolgen in der Schule liebten.

Trotz der Entspannung in Mathematik waren die ersten Jahre auf dem Gymnasium nicht leicht für mich. Dort gab es viele lautstarke Jungs, die mir vor allem mit dem Mundwerk, aber auch sportlich und körperlich sehr überlegen waren. Es gelang mir nicht, mich in Szene zu setzen und bei den Lehrern zu punkten. Die Idylle der Volksschule mit der gütigen Frau Jäger gehörte endgültig der Vergangenheit an. Im Deutschunterricht hatte ich erhebliche Probleme, die Schriftsprache korrekt zu sprechen, und meine Aufsätze enthielten immer wieder pfälzische Vokabeln, die meine Mitschüler und Lehrer zum Schmunzeln brachten, mir dagegen mäßige Noten. Die fehlende Anerkennung und die nur mäßigen Erfolge führten dazu, dass der Gang zur Schule nicht immer leicht war. Frohen Herzens ging ich in dieser Zeit wirklich nicht zur Schule. Mir war bewusst, dass ich in nahezu allen Fächern auf Fragen stoßen konnte, deren Beantwortung mir erhebliche Schwierigkeiten bereiten würde. Das führte vor allem vor Klassenarbeiten mehr als einmal zu einem flauen Gefühl im Magen und während der Arbeit zu Schweißperlen auf der Stirn. Dazu kamen raubauzige Kameraden wie Otmar, die im Sport mit ihren fußballerischen Fähigkeiten prahlten, denen ich nichts entgegenzusetzen hatte. Torwart konnte ich sein, wenn die Abwehr stark war. War sie es nicht, wurde ich ausgewechselt. Das hatte aber auch sein Gutes. Unser Sportlehrer übertrug häufig einem Schüler die Aufsicht über die Klasse und verschwand dann zu irgendeiner Besprechung. Dann wurde regelmäßig Fußball gespielt. Weil ich nicht gut war, hatte ich Pause. Indes hielt auch die Begeisterung der anderen nicht lange an. Und so kam es häufig, dass einer Schmiere stand, um uns die Rückkehr des Lehrers rechtzeitig zu melden. Wenn es soweit war, stürmten alle zurück auf das Spielfeld. Lediglich die vorherige Absprache des Spielstandes führte regelmäßig zu scharfen Auseinandersetzungen der Spielführer, die allerdings unter dem Druck der bevorstehenden Ankunft des Sportlehrers rasch beigelegt wurden.

All dies führte nicht zu einer Stärkung meines Selbstvertrauens. Im

Gegenteil: Ich drohte im Banne meiner vermeintlichen Mittelmäßigkeit zu verwurzeln. Ein wichtiger Schritt zur Überwindung dieser Situation erfolgte dann durch das Segelfliegen.

Segelfliegen

Als ich vierzehn Jahre alt wurde, konnte ich endlich die Ausbildung zum Segelflugzeugführer beginnen. Dies geschah im Rahmen des Sommerlagers des Flugsportvereins Kaiserslautern in Lachen-Speyerdorf, das kurz vor meinem 14. Geburtstag begann.

Mein erster Start fand am 24. Juli 1966 auf einer K 7, genannt Rhönadler, statt. Fluglehrer war Karl Schindler, den die jugendlichen Teilnehmer des Lagers liebevoll „Wing Commander" nannten. Dies war eine Anspielung auf seine Zeit als Jagdpilot bei der Reichsluftwaffe. Ältere Fliegerkameraden nannten ihn Charly, ein Beleg dafür, dass Anglizismen beziehungsweise Amerikanismen sich bereits vor Jahrzehnten einer gewissen Beliebtheit erfreuten.

Charly war ein nicht sehr einfacher Mensch. Unter dem Dauerstress, dem er als Fluglehrer ausgesetzt war, neigte er zu lautstarken Ausfällen, die uns Jugendliche zunächst einschüchterten, später jedoch eher erheiterten, denn wir hatten schnell bemerkt, dass er im Grunde seines Herzens ein warmherziger Mensch war.

Seine Leidenschaft war das „Kurbeln". Darunter verstand er das Kreisen in den Aufwindfeldern. Sobald das Variometer „Steigen" anzeigte, kam von hinten der Befehl: „Komm, kurbel e weng!" Charly kam, wie man hieraus leicht ableiten konnte, aus dem Badischen.

Übernachtet wurde in einem großen Armeezelt, das wir in einer spannenden Aktion aufgebaut hatten. Die Betten hatte die am Flugplatz ansässige französische Armee zur Verfügung gestellt. Viel haben wir allerdings nicht darin geschlafen, denn jede Nacht war die Hölle los. Ein Streich löste den anderen ab. Opfer waren unsere Betreuer und die älteren Fliegerkameraden, insbesondere Detlef. Detlef war erster Oboist am Pfalztheater und durch und durch sensibler Künstler. Er fuhr einen Borgward Isabella und hatte auch sonst einen eigenwilligen bis extravaganten Lebensstil. Sein Bett war, wie das aller anderen, ein Feldbett mit drei Stützen. Die vordere und hintere konnten gegeneinander eingeklappt werden. Dadurch sackte Vorder- und Hinterteil des Bettes zu Boden, während die Mitte stehen blieb. Um das Einklappen des Bettes von außerhalb bewerkstelligen zu können, befestigten wir ein Seil an der bei der Zeltaußenwand stehenden Bettstütze, führten dies dann um die andere, zelteinwärts gelegene bewegliche Stütze und zogen dann das Seil unter der Zeltwand hindurch ins Freie. Wenn Detlef, von der bierseligen Gemeinsamkeit in der Clubkantine etwas angeschlagen, zu Bett ging und ob seiner Müdigkeit bald einschlief, dauerte es nicht lange, bis wir kräftig am Seil zogen, und er nach einem harten Schlag in einer ungemütlichen Haltung aufwachte. Beim ersten Mal stellte er in Unkenntnis des Mechanismus sein Bett wieder auf im Glauben, es sei nicht korrekt aufgebaut gewesen. Dabei spannte er sogar unbewusst unser Seil, was unsererseits eine diebische Freude auslöste. Beim zweiten Mal wurde er misstrauisch, und beim dritten Mal stürmte er, durchaus richtig bei den Jugendlichen die Ursache für sein Missgeschick vermutend, aus dem Zelt. Seinen wütenden Attacken konnten wir uns nur durch eine erfolgreiche Flucht entziehen.

Ebenfalls beliebt war, bei einem Fahrzeug der älteren Fliegerkameraden den Bremslichtgeber mit der Hupe zu verbinden. Sobald das Fahrzeug gebremst wurde, hupte es gleichzeitig. Dies führte zu höchst amüsanten Ereignissen. Auch amüsant war, das Auspuffrohr mit einem der reichlich anfallenden Sektkorken zu verstopfen. Peter, ein Ingenieur, diskutierte beinahe eine Stunde mit meinem Vater mögliche Ursachen des Umstandes, dass sein Wagen nicht ansprang. Wir standen todernst dabei und wunderten uns darüber, dass Erwachsene Fachleute vor lauter Fachwissen nicht auf das Naheliegende kamen.

Das Fliegen machte mir sehr viel Spaß. Der Start an der Winde mit der rasanten Beschleunigung und dem raschen Steigflug auf 300 bis 400 Meter war immer wieder ein beeindruckendes Erlebnis. Bei meinem achten Start riss das Windenseil. Lothar, der an diesem Tag Fluglehrer war, drückte stark nach, um die K 7 in eine Normalfluglage zu bringen. Dabei hob es uns aus dem Sitz und wir fielen nach oben in die Schultergurte, schwerelos, eine herrliche Erfahrung!

Der Flugbetrieb hatte noch eine andere gute Seite. Die Erwachsenen waren es bald müde, das Rückholfahrzeug, mit dem das Seil nach jedem Start wieder ausgezogen wurde, zu fahren. Und bald lehrten sie uns, wie man Auto fuhr. Und so gab es Tage, an denen ich mehr als 40 Kilometer weit fuhr.

Die Sonne schien gnadenlos auf den Flugplatz, auf dem es keinen Schatten gab. So kam es, dass es mir gegen Ende der zweiten Lagerwoche schlecht wurde. Fieber und Mattigkeit stellten sich ein – ein Sonnenstich! Ich legte mich auf mein Feldbett und döste vor mich hin. Als ich aufwachte lag eine bleierne Dunkelheit in der Luft. Das Zelt schwankte stark, ich erkannte dies an den Stützen, die sich heftig gegen den Firstbalken bewegten. Bevor mir klar wurde, was da geschah, stürzte das Zelt zusammen. Ich kroch unter der Zeltplane hinaus ins Freie. Heftige Böen fuhren durch meine Haare, der Himmel war nahezu schwarz, in kurzen Abständen jedoch jäh erhellt von grellen Blitzen. Die Fliegerkameraden brachten unsere Maschinen gerade noch rechtzeitig in die Halle, bevor der Sturm Schaden anrichten konnte.

Die Ka 8 mit Gilbert fehlte. Kein Sichtkontakt, schon seit längerer Zeit nicht, wie mir berichtet wurde. Bange Minuten des Wartens begannen. Hoffentlich ist ihm nichts Schlimmes zugestoßen.

Die Gewitterfront hatte uns rasch überquert, und Sonnenstrahlen durchfluteten bald die gereinigte Luft. Das Telefon klingelte. Bange Blicke richteten sich auf Georg, der den Hörer abgenommen hatte. Entwarnung. Gilbert war außengelandet. Er wohlauf und der Segler unbeschädigt. Während sich die Rückholer auf den Weg machten, fuhr ich mit Liselotte nach Hause zu meiner Mutter. Wegen meiner Erkrankung war dieses Fliegerlager für mich zu Ende.

An den folgenden Wochenenden ging ich regelmäßig auf den Flugplatz. Ich hatte den Ehrgeiz, noch in diesem Jahr alleine zu fliegen. Und dann war es soweit. Nach meinem zweiten Start am 2. Oktober 1966 sagte Georg, ein weiterer Vereinsfluglehrer, zu mir: „Den nächsten Start machst du alleine!"

Nun war es so weit. Obwohl ich diesen Augenblick schon seit vielen Jahren herbeigesehnt hatte, kam er doch so überraschend. Leise Zweifel stiegen in mir auf. Bin ich jeder Situation gewachsen? Und, als ob er das geahnt hätte, meinte Georg, ich beherrsche die K 7 in jeder Situation. Und dann blieb nicht mehr viel Zeit zum Nachdenken. Einsteigen, anschnallen, Haube schließen, Startcheck, fertig zum Einklinken. Daumen hoch – bin startbereit. Die Fläche wird angehoben. Von meinen vielen Aufenthalten auf der Winde weiß ich, dass der Windenfahrer jetzt den Motor anlässt, kurz Gas gibt und bei abfallender Drehzahl die Stufe „Drive" einlegt. Seil straff! Und dann geht es los! Wie immer. Abheben, In-Sich-Steigen, wie es Georg immer nannte, und dann die Maschine in die Höhe ziehen. Das Variometer ist am Anschlag, die Fahrt stimmt, alles wie sonst, nur: Einsitzig steigt die Maschine besser. 450 Meter! Der Zug lässt nach, und ich klinke aus. Erst jetzt wird mir so richtig klar: Ich fliege alleine! Querabflug, Gegenanflug, Höhe abfliegen, ohne Vollkreise, darf man nicht! Position in 200 Meter Höhe, eine gute Landeeinteilung, ein schöner Endanflug und eine weiche Landung. Das Ganze noch zweimal. Dann über die Maschine gelegt, und jeder darf mir einmal mit der flachen Hand auf den Po schlagen. Eine Ermahnung, bescheiden zu bleiben und nicht zu glauben, ich könne jetzt schon alles. Danach halte ich das A-Abzeichen in den Händen. Eine Möwe auf blauem Grund. Ich bin an diesem Abend sehr glücklich. Ich kann etwas, wovon die Menschen wahrscheinlich schon immer geträumt haben: Ich kann fliegen!

Am 17. Juni des folgenden Jahres geschah es dann. Eine mächtige Gewitterwolke stand südwestlich unseres Platzes. Es war drückend heiß, windstill. Also kein Frontgewitter, sondern ein örtliches Wärmegewitter. Georg meinte, ich könne auch noch einen Start mit der Ka 8, unserem einsitzigen Schulflugzeug machen. Wieder ging es hoch hinauf mit der Winde. Ausgeklinkt und in den Querabflug nach Süden, dann in den Gegenanflug nach Westen. Da, das Variometer rührt sich! Ein Nullchen, also weder sinken noch steigen. Ganz behutsam einkurven und dann vorsichtig an das Zentrum des Aufwindes herantasten. Und tatsächlich: Aus dem Nullchen wird bald ein kleines Steigen. Wenige Zentimeter nur, aber eben Steigen. Langsam gewinne ich an Höhe. Schon 500 Meter, und das Steigen wird stärker. Es ist mein 20. Alleinflug und gerade der fünfte auf der Ka 8. Das Steigen tut mir gut, denn ich will die Stunde Flugzeit, für die mir Georg den Flugauftrag gegeben hat, auch ausschöpfen. Bald bin ich länger als jemals zuvor alleine in der Luft. Bei 20 Minuten steht mein Rekord, und die verstreichen gerade. Ein Blick auf den Höhenmesser offenbart einen weiteren persönlichen Rekord. Inzwischen bin ich bereits 800 Meter hoch. Ein Blick auf das Variometer reißt mich zu einem kleinen Freudenausbruch hin: 2 Meter Steigen, gleich danach 3 Meter. Rasch werden die 1000 Meter Höhe durcheilt, das Steigen wird immer stärker. Bald steht die Anzeigenadel des Variometers am Anschlag: 10 Meter Steigen pro Sekunde Minimum! 1900 Meter – so hoch war ich noch nie. Meine Freude geht in einem unheilschwangeren Panorama unter. Tief unten liegt die Haardt in einem bleiernen Licht. Die Sonne ist nicht mehr zu sehen, und es ist spürbar kälter als drunten in der frühsommerlichen Hitze auf dem Flugplatz. Um mich herum hängen Wolkenfetzen, die tief unter mich greifen, und ich spüre, wie sich die Flächen meines Seglers unter den starken Aufwinden biegen. Bevor ich richtig zum Nachdenken komme, wird es milchig weiß um mich herum. Ich bin in den Wolken, und ich bin nicht in irgendeiner Wolke, ich bin in einem Cumulonimbus, einer Gewitterwolke! Ein Ruck geht durch die Maschine, ich werde förmlich in die Höhe gerissen. Der Höhenmesser zeigt 2200 Meter. Regentropfen trommeln auf die Bespannung – so laut muss es sein, wenn man in einer Basstrommel sitzt und der Schlagzeuger mit aller Kraft trommelt. Langsam wird mir meine Situation bewusst. Ich habe jegliche Orientierung verloren, kann nicht einmal mehr meine aktuelle Fluglage einschätzen und damit auch nicht vernünftig reagieren. Die Böen sind eindrucksvoll, ich werde geschüttelt und gerüttelt. Was geschieht, wenn mich ein Blitz trifft? Ein Faradayscher Käfig ist dieses Flugzeug nicht. Was ist, wenn die Maschine abmontiert? Ich kann immer noch aussteigen. Aber halt: Ich habe einen automatischen Schirm, der sich sofort selbständig öffnet, und dann geht es ab, aber nach oben. Dann bin ich erst Recht ein Spielball der Elemente. Noch ungeschützter wäre ich dem Blitzschlag ausgesetzt, oder die Hagelkörner würden mich bewusstlos schlagen, oder, wenn nicht, meinen Schirm zerfetzen, vielleicht auch beides. Wenn dies alles nicht geschähe, würde mir wohl sehr bald der Sauerstoff ausgehen oder ich würde in meinem Sommerhemdchen und den kurzen Hosen bald erfroren sein. Keine guten Voraussetzungen, um auszusteigen. Also bleibe ich sitzen und ziehe die Landeklappen. Dies hat uns Georg mit auf den Weg gegeben, für alle Fälle. Wenn wir in einer unkontrollierten Lage sind, die Klappen ziehen, dann wird das Flugzeug nicht überbeansprucht. Den Knüppel habe ich aus meinen Händen entlassen, das Flugzeug ist eigenstabil und wird so am wenigsten belastet. Ich fliege durch einen Wolkenschacht. Tief unten kreuzt unsere andere Ka 8. Mein Leben zieht an mir vorbei. Ich habe die Situation nicht im Griff, steige trotz der gezogenen Klappen und weiß weder ein noch aus. Das war es dann wohl. Mein Wille droht zu versiegen. Acht Jahre alt werden, das hatte ich mir als Kind immer gewünscht, heute bin ich 14, das ist doch mehr als gut, beinahe doppelt so viel.

Aber nein, das darf noch nicht das Ende sein, nicht dieser Flug Nr. 67, der nachher in meinem Flugbuch stehen wird. Wenn ich die natürliche Gewalt nicht direkt überwinden kann, so kann ich mich ihr doch entziehen. Im Südwesten stand das Gewitter, als ich gestartet war, und deshalb steuere ich nun konsequent nach Osten, so konsequent es unter den obwaltenden Umständen geht. Und dann wird es heller, die Sonne hat mich wieder. Nach 50 Minuten lande ich wohlbehalten in Lachen-Speyerdorf. Georg ist ungehalten, schimpft, weil er meint, ich sei absichtlich in die Wolken geflogen. Ich sage nichts, gar nichts, und schon gar nicht gebe ich zu, dass ich einfach nur hineingezogen worden war. Diese Blöße wollte ich mir nicht geben.

Seither haben Gewitter eine besondere Bedeutung für mich, und ich suche sie. Ich fliege gerne in ihre Aufwindfelder, aber eben nur so nahe, dass ich mich jederzeit ihrer Urgewalt entziehen kann. Dann bin ich wach, so wach wie selten, und es tut mir gut, wenn ich nach einem wilden Flug zwischen Gewittertürmen wohlbehalten auf dem Landefeld ausrolle.

Mac

Zu einem weiteren wichtigen Schritt aus der schulischen Mittelmäßigkeit verhalf mir unser neuer Klassenlehrer, genannt Mac. Dr. Erich Schneider war sein richtiger Name. Kurze, angegraute dunkle Haare, eine schlanke, drahtige Figur und geschmeidige, dabei kraftvolle Bewegungen zeichneten ihn aus. Er unterrichtete in Deutsch und Geschichte. Da er anfangs keine persönliche Wärme ausstrahlte, begegneten wir alle ihm mit einer gewissen Distanz. Sein Unterricht war sachorientiert, analytisch, beinahe wissenschaftlich. Anders, als wir es bis dahin gewöhnt waren.

Eines Tages rief er mich in Geschichte auf und befragte mich zur Oligarchie als Herrschaftsform im alten Griechenland. Da ich mich auf die Stunde nur ungenügend vorbereitet hatte, blieb ich die meisten Antworten schuldig. Leise wurde mir dabei die Enttäuschung meines Lehrers darüber bewusst, dass sein Engagement meinerseits so wenig wertgeschätzt wurde. Er gab sich alle erdenkliche Mühe, uns einen hochwertigen, interessanten Unterricht zu bieten, und wir griffen nicht einmal annäherungsweise wichtige Inhalte auf.

Er muss sehr verletzt gewesen sein. Als er den Klassensaal nach dem Unterricht verließ, stand ich gerade bei Mario und lachte über einen seiner neuesten Witze. Mac sah das und fuhr mich an: „Lachen Sie nicht so perfide, Bolz!"

Von diesem Moment an sann ich auf Möglichkeiten, ihn zu überzeugen, dass ich trotz allem ein guter Schüler sei.

Zunächst kam es jedoch noch dicker. In Deutsch lasen wir gerade Salingers „Der Fänger im Roggen". Ich sollte eine Passage daraus vorlesen, was mir mehr schlecht als recht gelang. Hieraus schlussfolgerte er, ich sei zu allem noch nicht einmal in der Lage, flüssig zu lesen, was zu seinem Gesamteindruck von mir passe.

In einer der nächsten Geschichtsstunden trug er mir ein Referat über die 1848er Verfassung auf. In dem Maße, in dem ich mich mit diesem Thema beschäftigte, wuchs mein Interesse daran. Die Vorgänge in und um die Frankfurter Paulskirche faszinierten mich. In den Tagen vor meinem Auftritt vor der Klasse machte ich mir sehr viele Gedanken, wie ich das auf den ersten Blick etwas trockene Thema ansprechend präsentieren könnte.

Dann war es so weit. Mac betrat das Klassenzimmer. Zu meiner Überraschung hatte er eine Studienreferendarin dabei, die an diesem Tag bei ihm hospitieren sollte. „Leider erleben sie heute einen eher schwachen Schüler!", gab er ihr mit auf den Weg in die hinterste Stuhlreihe, wo sie Platz nahm.

Dann war ich dran. Der Weg nach vorne zum Pult kam mir endlos weit vor. Unzählige Gedanken schossen mir durch den Kopf. Würde meine Stimme versagen? Würde ich einen guten Einstieg finden? Würde ich möglicherweise den Faden verlieren und hängenbleiben? In einem Rhetorikbuch hatte ich gelesen, man solle in solchen Situationen erst einmal einen Standpunkt im wahrsten Sinne des Wortes beziehen. Also stellte ich mich mit leicht gespreizten Beinen fest auf den Boden und bildete mir ein, ich versenkte durch meine Schuhsohlen Dübel in den Fußboden. Nun konnte mich so leicht nichts mehr umwerfen. Danach holte ich tief Luft und atmete gleichmäßig aus, während ich von links nach rechts allen meine Klassenkameraden und zuletzt Mac in die Augen sah. Dann hörte ich mich reden und stellte, wie von außerhalb, fest: „Das läuft ja richtig gut."

Die anfangs gelangweilten Gesichter meiner Klassenkameraden hellten sich auf. Ich glaubte erkennen zu können, dass ihr Interesse an dem, was ich für sie ausgearbeitet hatte, erwachte. Meine Sicherheit wuchs von Minute zu Minute. Der Tafelanschrieb mit bunter Kreide in eine Graphik, die ich vor dem Unterricht vorbereitet und durch die beiden Tafelflügel verdeckt hatte, fügte sich nahtlos und verstärkend in meine Ausführungen ein. Die Klasse folgte immer aufmerksamer und beinahe gespannt meinen Überlegungen und war am Ende, wie ich selbst, tief enttäuscht, dass dieses großartige Verfassungswerk seinerzeit keine Wirkung entfaltete. Wie anders wäre dann sicherlich die deutsche Geschichte verlaufen?

Mac kam nach dem Referat auf mich zu, schüttelte mir die Hand und beglückwünschte mich zu einer glatten Eins. Seine Freude war aufrichtig. Was mich in diesem Moment noch tiefer beeindruckte war seine Entschuldigung für seine damalige Äußerung, ich solle nicht so perfide lachen. Von da an war der Bann gebrochen. Ich begann, lernen als wohltuend und befreiend zu empfinden und meine schulischen Leistungen verbesserten sich ständig – dafür bin ich Mac bis heute sehr dankbar.

Papa schult um

Nach seinem Studium Mitte der 50er Jahre war Papa Diplom-Ingenieur und auf Arbeitssuche. Schließlich fand er, wie einst sein Großvater, bei der Nähmaschinenfabrik Pfaff eine Anstellung. Leider nicht als Ingenieur, sondern als technischer Zeichner. Logischerweise war das Gehalt nicht sehr groß, und wir mussten, obwohl es uns nun schon besser als zuvor ging, nach wie vor den Gürtel enger als viele andere schnallen. Mit der Zeit gelang ihm der Sprung zu einer seiner Ausbildung entsprechenden Anstellung. Sein Vorgesetzter, ein promovierter Ingenieur, war jünger als er, was seine Karrieremöglichkeiten auch deshalb einschränkte, weil dieser selbst in der Firma keine Perspektive hatte. Schon als technischer Zeichner hatte Papa versucht, zusätzlich Geld zu verdienen. So konstruierte er nach Feierabend für die Firma Braun in Wolfstein und bald danach gelang es ihm, einen kleinen Vertrag bei der Meisterschule für Handwerker abzuschließen. Von da an hielt er dort samstags Unterricht. Dabei wurde ihm klar, dass Lehrer für ihn tatsächlich Beruf im Sinne einer Berufung werden konnte. Mitte der 60er Jahre ergab sich dann die Möglichkeit, ganz an die Meisterschule zu wechseln. Voraussetzung dafür war allerdings eine Zusatzausbildung in Pädagogik mit anschließender Staatsprüfung. So stand er vor der Entscheidung, bei Pfaff zu kündigen und als Referendar in den Dienst des Bezirksverbandes Pfalz zu treten. Das war eine schwierige Situation. Vor allem hatte er die Sorge, in seinem Alter nicht mehr den Anforderungen an die erforderliche Studienarbeit gewachsen zu sein. Wir besprachen die Angelegenheit mehrfach in der Familie, und endlich wagte er, wiederum wie einst sein Großvater, den Sprung.

Alles lief glatt. Mutti tippte die Lehrproben und gegen Ende des Referendariats die Studienarbeit, deren Entwurf wir Kinder vorab gelesen und, so gut wir vermochten, verbessert hatten.

Die Prüfung bestand er mit Anstand und wurde unverzüglich als Lehrer eingestellt. Von da an ging es uns auch unter wirtschaftlichen Gesichtspunkten gut. Er war ein hervorragender Pädagoge und erwarb sich sehr schnell einen herausragenden Ruf. Diesem haftete durchaus auch etwas das Attribut eines Originals an, denn bei jeder sich bietenden Gelegenheit flocht er Geschichten aus der Fliegerei in seinen Unterricht ein, und zum Ende eines jeden Schuljahres gab es im Unterricht einen Super-8-Film vom Geschehen auf dem Flugplatz in Lachen-Speyerdorf zu sehen. Mancher ließ sich dadurch von der Leidenschaft meines Vaters anstecken und trat als Flugschüler in den Flugsportverein ein.

Tanzstunde

Meine Schulkameraden benahmen sich eines Tages reichlich seltsam. Sie tuschelten, steckten in den Pausen die Köpfe zusammen und besprachen sich, gaben sich wichtig, und endlich hatten sie offensichtlich einen Entschluss gefasst. Mein Freund Mario und ich kümmerten uns nicht so sehr um das, was sie bewegte. Wir hatten andere Themen und Interessen. Dann kam August auf uns zu und fragte, ob wir denn Lust hätten, an einem Tanzkurs teilzunehmen. Die Klasse würde den nächsten bei der Tanzschule Zöller belegen. Mario lehnte ab, ich sagte zur Überraschung von August zu.

Danach kam mir diese Zusage zwar etwas gewagt vor, ich blieb jedoch bei der Stange. Der Grund hierfür lag darin, dass ich keinerlei Erfahrung im Umgang mit Mädchen hatte, und das, obwohl ich ja mit einer Schwester aufgewachsen war. Trotzdem waren mir Mädchen fremd, und ich wusste nicht so recht, wie man sich ihnen gegenüber benehmen sollte. Außerdem hatte ich Angst, sie körperlich zu berühren, Angst, dass daraus vielleicht eine unangenehme Situation entstehen könnte, weil sie das vielleicht falsch verstünden oder nicht mochten.

Dann war es soweit. Wir zogen in die Tanzschule über der Stadtsparkasse ein. Nach der Begrüßung stellten wir uns in zwei langen Reihen auf. Auf der Fensterseite die Mädchen, auf der Gegenseite die Jungen. Ich stand sehr weit vorne rechts. Diagonal gegenüber am anderen Ende des Tanzsaales stand Ursula, eine Schulkameradin meiner Schwester. Sie war die Rettung, denn sie war die einzige, die ich wenigstens vom Sehen kannte. Als die Aufforderung kam, die Damen zum Tanz zu bitten, stürmte ich sehr zur Verwunderung der Tanzlehrerin quer durch den Raum zu ihr und forderte Ursula zum Tanzen auf. Es war der Beginn einer zarten, komplizierten Beziehung.

Ursula war die Tochter eines Försters, der wiederum ein Klassenkamerad meines Vaters war. Sie wohnte in einem Forsthaus mitten im Wald. Der benachbarte Ort war etwa zehn Kilometer von unserer Wohnung in Kaiserslautern entfernt. Bald machte ich mich mit meinem Fahrrad auf den Weg, um einmal zu schauen, wo sie wohnte. Es ging mehrfach bergauf und bergab, durch mehrere Ortschaften, bevor ich mir kurz vor dem Ziel einen Platten fuhr. Nach reiflichem Überlegen schob ich endlich mein Rad zum Forsthaus und klingelte mit klopfendem Herzen.

Ursulas Mutter öffnete die Tür, und ich erklärte ihr die Umstände. Sie nahm mich sehr freundlich auf, bat mich ins Haus, wo ich Ursula traf und verständigte meine Eltern. Mein Vater erklärte sich bereit, mich abzuholen. Bis er endlich kam, war Ursulas Vater schon aus dem Wald nach Hause gekommen. Mein Vater und er tauschten ihre vielfältigen Erlebnisse aus, denn sie hatten sich lange nicht mehr gesehen. Daher wurde es sehr spät, bis wir endlich nach Hause kamen.

Wir gingen regelmäßig zur Tanzstunde und gewannen einander lieb. Ich holte Ursula so oft es ging von der Schule ab. Das war nicht ganz ohne, denn die Nonnen – sie besuchte ein kirchliches Gymnasium – mochten genau das nicht. Wir schlenderten dann entweder gemeinsam zur Bushaltestelle oder zu ihrer Großmutter, die ich allerdings nie kennenlernte. Ursula verabschiedete mich regelmäßig an der Tür.

Mein Fahrrad hatte ich bald repariert, und es folgten noch viele Fahrten zum Forsthaus. Zwischenzeitlich hatte ich mehrere Abkürzungen entdeckt, dadurch kam ich schneller zum Ziel. Wir gingen Hand in Hand im Wald spazieren, sprachen über dies und das, und ich versuchte, engeren Kontakt mit ihr zu gewinnen. Und eines Tages war es so weit. Im Wohnzimmer ihrer Eltern, die nicht im Haus waren, küsste ich sie zum ersten Mal. Es war ein Hauch von einem Kuss, und ich war mächtig enttäuscht. Andererseits wusste ich es nicht besser.

Wir hatten einen schönen Abschlussball. Als Erinnerung bewahre ich noch ein Bild von uns beiden auf, das ein Photograph im Foyer der Fruchthalle aufgenommen hat. Auch nach dem Ball blieben wir zunächst der Tanzschule verbunden und besuchten sonntags die Perfektion, worunter mein Segelflugsport bald zu leiden begann.

In unserer Beziehung war ich das Problem. Ich war zu verkrampft und nahm alles, was sich zwischen uns ereignete, insbesondere vor einem christlich-moralischen Hintergrund, viel zu ernst. Eine Beziehung nur so aus Spaß war für mich nicht akzeptabel, und so konfrontierte ich

Ursula mit einem Anspruch, den sie nicht mittragen wollte. Den endgültigen Bruch gab es anlässlich eines Besuches von Ursula und ihren Eltern bei uns zu Hause. Eine ebenfalls anwesende Freundin meiner Mutter erging sich in Angriffen auf den Staat Israel, der damals wie heute in heftigen Auseinandersetzungen mit seinen arabischen Nachbarn lag. Sie flocht in ihre Attacken auch antisemitische Äußerungen ein, denen meine Eltern nicht energisch widersprachen. Ursulas Mutter war Halbjüdin. Weder sie noch ihr Mann ergriffen das Wort, sie verstummten und verabschiedeten sich bald darauf. Wie mir Ursula später erzählte, hatte sie diese Diskussion tief verletzt. Sie hielt mir vor, nicht in den Gang des Gespräches eingegriffen zu haben. Und so wurde mir bewusst, dass Schweigen eine sehr feige Lösung ist. „Qui tacet, consentire videtur!", so hatte ich es ja schon in Latein gelernt. Andererseits war es bei uns üblich, dass die Kinder schwiegen, wenn die Erwachsenen diskutierten.

Wir haben uns weiter getroffen und dabei dieses Thema noch einige Male angesprochen. Ich saß zwischen allen Stühlen, wollte alle verstehen und niemanden verletzen, habe jedoch, glaube ich, niemanden verstanden und alle verletzt. Und so schwankte ich zwischen Trennung von und Sehnsucht nach Ursula.

Was mich in der Zeit danach, ja eigentlich bis heute, immer wieder beschäftigt hat, ist die Suche nach einer tragfähigen Auseinandersetzung mit den Verbrechen am jüdischen Volk während des dritten Reiches. Sehr schnell war mir klar, dass das eigentliche Verbrechen darin lag, Menschen auf Grund ihrer Herkunft und Zugehörigkeit zu einer bestimmten Religion zu brandmarken, zu verfolgen und zu ermorden. Selbst wenn nur ein einziger Mensch, und dies meine ich auch mit dem Blick auf die heute leider auftretende Ausländerfeindlichkeit und die damit verbundenen Gewaltexzesse, dadurch zu Schaden gekommen wäre, so wäre es dem Grunde nach das gleiche Verbrechen gewesen. Es wollte mir nicht in den Sinn, wie ein Volk, das einmal das Volk der Dichter und Denker genannt wurde, und unter diesen Dichtern und Denkern waren so viele Juden, dass ein solches Volk ethisch-moralisch so entgleisen konnte.

Die nüchterne Feststellung war jedoch, dass es eben genauso entgleist war.

Selbst in der unmittelbaren Nähe der Stadt der Dichterfürsten gab es ein Konzentrationslager. Und die ohnmächtigen Ängste und das unendliche Leid der Lagerinsassen mussten doch selbst den in Stein gehauenen und in Bronze gegossenen Dichterbüsten in der Stadt Schamesröte, abgrundtiefe Enttäuschung und unbändige Wut entringen.

Und geradeso, wie das Gesprächsklima in meiner frühesten Jugend immer merkwürdig anders wurde, wenn vom „Führer" oder vom „Adolf" die Rede war, so war es damals in der Auseinandersetzung mit Ursula und ist es heute. Verkrampft, verstellt, unaufgearbeitet.

Was bedeutet all dies für mich – das war die Frage, die ich mir stellte. Wie mir Ursulas Reaktion zeigte, hatte ich in irgendeiner Form Teilhabe an einer großen Schuld. Genau dies konnte ich jedoch nicht verstehen, denn weder meine Eltern noch meine Großeltern trugen unmittelbare Verantwortung an diesem Genozid – und ich aus meiner Sicht schon gar nicht!

Was ist die Sühne für ein Verbrechen, und wie viele Generationen müssen sühnen für Verbrechen, die sie nicht zu verantworten haben? Zehn Jahre, 30 Jahre, 60 Jahre? Mitunter meine ich, dies sei der falsche Ansatz. Mit dieser großen Schuld haben wir eine Verantwortung übernommen, die Verantwortung, alles Erdenkliche dafür zu tun, dass sich ein solcher Sündenfall nicht mehr wiederholt. Dies ist unsere Verantwortung und dies ist meine höchstpersönliche Verantwortung, wie sie aus unserer jüngeren Geschichte resultiert.

Diese Verantwortung beinhaltet auch, dass wir uns der guten und schlechten Phasen Deutscher Politik und Kultur vor und nach dem Dritten Reich besinnen, denn die Deutsche Geschichte beschränkt sich nicht einmal annähernd auf die Zeit zwischen 33 und 45. Und dabei kommt es darauf an, aus den guten wie den schlechten Phasen Orientierungen für die Gestaltung unserer Zukunft zu gewinnen.

Café Wimmer

Irgendwann einmal bürgerte sich bei Papa ein, nach getaner Arbeit auf ein Gläschen Wein ins Café Wimmer zu gehen. Dort traf er sich mit Bekannten, und gemeinsam diskutierten sie das, was sie bewegte, insbesondere auch tagespolitische Fragen. Das Café schloss gegen 19.00 Uhr, und danach fuhr er direkt nach Hause, wo wir dann regelmäßig um Viertel nach sieben das Abendbrot zu uns nahmen. Auf diese Weise waren unsere Tage sehr strukturiert. Morgens früh kurz nach sieben Uhr Frühstück, um acht Uhr Unterrichtsbeginn, kurz nach 13.00 Uhr Mittag- und eben 19.15 Uhr Abendessen.

Bei Tisch wurden die Tagesereignisse ausgetauscht, und Papa berichtete gerne darüber, was seine Stammtischfreunde dachten und für richtig hielten. Mit zunehmendem Alter entwickelte ich meine eigenen Ansichten, und wir setzten die sich daran entzündenden Diskussionen im Wohnzimmer fort, während Mutti die Küche versorgte. Danach gesellte sie sich häufig zu uns und verfolgte nicht ohne Sorge die mit der Zeit zunehmende Schärfe unserer Auseinandersetzungen. Was mich besonders auf die Palme brachte, war, dass dieser Stammtisch zwar zu allen Fragen eine Antwort parat hatte, keiner seiner Angehörigen jedoch gesellschaftspolitisch Verantwortung übernahm. Ja, sie wussten alles besser als der Rest der Welt, aber selbst gestalten wollten sie nicht, sie waren einfach destruktiv. Sicherlich übersah ich dabei in meiner jugendlichen Ungeduld, dass diese Menschen tagtäglich im Beruf viel Verantwortung trugen. Auf der anderen Seite bahnte sich hier der Konflikt einer jüngeren Generation mit anderer Lebenserfahrung an, wie er später in den Auseinandersetzungen der sogenannten 68er mit dem Establishment eskalieren sollte. Wir waren nicht mehr bereit, Dinge als gegeben hinzunehmen, sondern wollten durch gute Gründe überzeugt werden. Genau dieser Schritt gelang damals meinem Vater nicht. Er beharrte in unseren Diskussionen auf einem Erfahrungsvorsprung, den ich nur erst einmal aufholen müsse, um zwangsläufig seiner Meinung zu werden. Eines Tages spitzte sich dieser Kon-

flikt so zu, dass ich gegen Mitternacht unsere Wohnung in der Böckingstraße verließ. Die schlafende Stadt bot mir Raum, meine ohn-
mächtige Wut zu überwinden. Nach Stunden fand ich den Weg zurück.
Unsere Wohnung betrat jedoch ein anderer als der, der sie Stunden
zuvor verlassen hatte.

Die Partnerschaft mit St. Quentin

In jener Zeit tat sich in der Aussöhnung zwischen Deutschland und Frankreich einiges. Der Prozess sollte in die Bevölkerung getragen werden. Als geeignet hierfür wurden auch Partnerschaften auf der kommunalen Ebene angesehen.

Nachdem meine Heimatstadt eine Partnerschaft mit St. Quentin in der Picardie eingegangen war, strebte mein Vater, von Grund auf frankophil, gleiches für unseren Flugsportverein an. Und so flog er eines Tages mit seinem Fliegerkameraden Edmund nach Roupy, einem kleinen Ort südwestlich von St. Quentin, wo der dortige Flugsportverein sein Fluggelände hatte. Edmund schilderte bei anderer Gelegenheit dieses Ereignis einmal so:

„Ja, dieser Flug nach St. Quentin fiel noch in die Zeit, in der wir richtig „fluggeil" waren und jedes Wochenende in der Luft hingen. Nach meiner Scheinerneuerung in der Schweiz (1955) und Erhalt des deutschen Scheines (1957) hatte ich, teilweise im Saarland, schon wieder fast 400 Starts / Landungen, mit über 150 Flugstunden und mehreren tausend Überland-Kilometern hinter mir. Diese „Flugerfahrung" veranlasste vermutlich unseren sensiblen Artur, mich für den ersten Flug nach St. Quentin zu chartern, zumal wir beide ja auch „Frankreicherfahrung" durch Krieg und Gefangenschaft und gerade in dem Bereich, der zu überfliegen war, bodenmäßige Ortskenntnisse hatten.

Die Flugvorbereitungen waren den topographischen Gegebenheiten und der Entfernung entsprechend einfach: 270° Lachen-Speyerdorf – Saarbrücken/Ensheim (dort Zollabfertigung) und 280° Saarbrücken – St. Quentin. Das Wetter war gut, der Wind kam fast von vorn. Die Mindestflughöhe konnte, um viel zu sehen, fast auf der ganzen Strecke ausgenutzt werden, da zwischen Ardennen und Argonnen nur die Höhen 402 und 338 liegen. Die von uns auf einer Straßenkarte gesetzten 50- und 100-km Richt-/Auffanglinien wurden zeitrichtig erreicht und die festgelegten Überflugpunkte nach einigen windbedingten leichten

Kursverbesserungen eingehalten. So kam es, dass wir vor Rethel ein Stück parallel der Aisne flogen, dann die Laoner Seenplatte sahen und schon bald das wuchtige Kirchenbauwerk inmitten der Stadt St. Quentin erkannten. Im Süden an der Stadt vorbei, über Eisenbahn und Kanal – und schon lag der Flugplatz an der westlichen Ausfallstraße vor uns. Eine Erleichterung, so glatt und pünktlich den Platz erreicht zu haben, nahm die bisherige, doch vorhandene Anspannung. Jetzt und hier zeigte sich wieder, dass – nicht wie bei uns – die größte freie Fläche ein Flugplatz ist, sondern Felder, Wiesen und Äcker erheblich größere Ausmaße haben. Da kein Flugbetrieb auf „LFOW" ersichtlich und kein Landekreuz ausgelegt war, entschloss ich mich zu einer „tiefgeführten" Erkundungs- und Begrüßungsrunde, die mir ein „Bist du verrückt, was werden die von uns denken!" aus dem Munde des völlig überraschten Mitfliegers einbrachte. Jetzt gab's „Leben" auf dem Hallenvorfeld und nach einer weiteren Ehrenrunde setzte ich zur Landung auf der Piste 23 an und mit einer sanften Ziellandung auf. Kaum zum Ausrollen gekommen, war auch schon ein alter Citroën hoppelnderweise neben uns, dessen Kutscher uns zum Hallenvorfeld geleitete.

Hier hatten sich inzwischen eine Menge Weiblein und Männlein eingefunden, an deren Gesichtern ich doch eine innere Spannung „Was werden da für welche kommen?" zu erkennen glaubte. An unserem Winken – und vor allem an Arturs eigenem spitzbübischem Lächeln, brach dann der Bann und schlug in ein freundliches „Willkommen" um. Kaum, dass wir die „Bölkow" abgestellt hatten und ausgestiegen waren, wurden wir umringt und schon wurde das französischste aller Getränke, Champagner, gereicht.

Der Empfang war herzlich und beeindruckend freundlich, vor allem durch die charmant in deutsch vorgetragenen Begrüßungsworte der liebreizenden Dolmetscherin Michèle Leblanc, die uns mit dem Präsidenten, Jacques Denoyelle, und dem Vorstandsmitglied Marcel Dupressoir bekannt machte und deren Grußworte übersetzte.

Als Artur dann in gekonntem (Gefangenschafts-)Französisch parlierte und auch den ersten französischen Witz (den viele der Anwesenden gar nicht kannten) losließ, waren wir schon „aufgenommen" und wurden (wie auch unsere Bölkow) von allen Seiten „begutachtet". Im Geleit brachte man uns in den Clubraum, wo schon ein landesüblicher, reichhaltiger Imbiss gerichtet war. Die ersten Reden wurden geschwungen und wir konnten unser kleines Gastgeschenk überreichen. Alles fand in einer Atmosphäre „fast schon langer Freundschaft" statt, von Ressentiments gegenüber den beiden Deutschen war nichts zu erkennen.

Wir hatten sofort den Eindruck, echte Fliegerkameraden gefunden zu haben.

Nachdem der Präsident uns den Anwesenden vorgestellt hatte, folgten die gegenseitigen Bekanntmachungen, vor allem mit den „Aktiven" des Aéroclubs, wobei Sprachschwierigkeiten kaum ins Gewicht fielen, da einige „deutsch" verstanden und „englisch" mit einbezogen wurde.

Nach Beendigung der ersten „Sitzung" erhielten wir eine „Platzeinweisung" mit dem Vorzeigen vereinseigener Fluggeräte und der Werkstattschätze. Außer einigen Oldtimern und Fragmenten solcher „ehemaligen" Flugzeuge gab es auch neue Segler. Es waren zwei Schleppmaschinen „Tiger Moth" vorhanden, die demnächst durch ein neues Motorflugzeug ersetzt werden sollten. Am Flugplatz befand sich eine staatliche Wetterstation und eine „Luftaufsicht". Das Fluggelände, wie bereits aus der Luft gesehen: riesengroß, mit zwei sich kreuzenden Grasbahnen, so dass bei fast allen Windrichtungen gut geflogen werden konnte. Zum Fliegen kamen wir am Ankunftstag nicht mehr, denn „Herumreichungen", Essen und vor allem die Getränke engten uns gewaltig ein, das weitere Programm wurde auf den nächsten Vormittag verschoben! Zum Schlafen wurden wir getrennt: Artur nächtigte bei Familie Dupressoir und ich bei Familie Denoyelle. Wann wir eigentlich zum Schlafen in den familiären Bereichen gekommen waren, wussten wir am nächsten Morgen nicht mehr, da „Schlafgetränke" zusätzliche Wirkungen zeigten.

Der Sonntagmorgen begann mit einem Treffen zu einer Stadtbesichtigung und endete mit einem Diner in einem ausgesuchten Restaurant – zusammen mit dem gesamten Vorstand und einer Vielzahl von Mitgliedern. Dies bezeugte nicht nur typische französische Gastfreundschaft, sondern (wie wir es empfanden und wie es auch bei den Tischgesprächen zum Ausdruck kam) den Wunsch einer deutsch-französischen Partnerschaft auf Clubebene näherzutreten.

Dieses Thema wurde in den nächsten Stunden von Artur vertieft, während ich einige „Gastflüge" mit den dortigen Piloten, die sich für die „Junior" interessierten, absolvierte.

Mit der Verabredung eines Gegenbesuches in Kaiserslautern trafen wir unsere Rückflugvorbereitungen. Wir wurden herzlichst verabschiedet, und nach dem obligatorischen „Überflug" nahm die Bölkow Kurs Richtung Heimat. Bei gutem Sichtflugwetter gab's kleine „Schlenker" über Arturs ehemaligen Bauernhof und den Stätten unserer nicht gewollten „Jugendaufenthalte": Reims, Epinal, Mourmelon und Attichy.

Glücklich und mit unserer Mission zufrieden landeten wir (nach Zollabfertigung in Saarbrücken/Ensheim) in Lachen-Speyerdorf, wo „Kamerad Heil" (unser damaliger 1. Vorsitzender) uns erwartungsvoll und wissbegierig bereits erwartete."

Mein Vater verstand sich sofort hervorragend mit Marcel Dupressoir, beide wurden sehr rasch Freunde. Sie beschlossen noch in St. Quentin einen Austausch ihrer Kinder im Vorfeld des für das Jahr 1969 in St. Quentin geplanten Fliegerlagers.

So stand eines Tages Ende Juli 1969 Marcel Dupressoir mit seiner Frau Christiane und den Kindern Patrick, Marie-Christine und Catherine vor der Tür. Sie waren mit ihrem Peugeot 404 nach Kaiserslautern gekommen. Marie-Christine sollte in Kaiserslautern bleiben, während ich mit der Familie zurück nach Frankreich fahren sollte. Zwar war noch Schulzeit, aber Papa meinte, mein Aufenthalt in Frankreich sei wichtiger als der Unterricht in den letzten Tagen vor den Ferien, durch den ohnehin die Welt nicht mehr bewegt würde. Diese Haltung hat ihm später einen erheblichen Tadel der Schulaufsichtsbehörde eingetragen. Unter dem Hinweis darauf, dass mein Frankreichaufenthalt ein hinreichender Grund für eine offizielle Beurlaubung gewesen wäre, wurde ihm aufgegeben, sich künftig in solchen Fragen rechtzeitig mit der Schulbehörde in Verbindung zu setzen und Eigenmächtigkeiten wie die begangene zu unterlassen.

An jenem Nachmittag tranken wir das erste Mal gemeinsam Kaffee. Die Verständigung war fürs Erste gar nicht einmal so schwierig. Das lag natürlich auch daran, dass Papa richtig gut französisch sprach und bei schwierigen Sätzen immer wieder einsprang. Mir wurde allmählich bewusst, wie sehr der Abschied von zu Hause nahte. Der Uhrzeiger rückte gnadenlos voran, und bald sagte Marcel, es sei nun Zeit, aufzubrechen. Immerhin lagen noch etwa 400 Kilometer vor uns.

Ich genoss die Fahrt und vor allem den Fahrstil Marcels. Er fuhr sehr zügig, und in Frankreich beeindruckte mich vor allem die dreispurige Verkehrsführung. Die mittlere Spur wurde sowohl in unserer als auch von der Gegenrichtung her genutzt. Da gab es interessante Begegnungen, die Marcel und Patrick lautstark kommentierten.

Bald machte sich bemerkbar, dass ich sehr viel Kaffee getrunken hatte. Ich musste Wasser lassen, hatte aber keine Vorstellung davon, wie man das in französisch ausdrückt. Außerdem hatte ich Sorge, dass Marcel eine Pinkelpause nicht recht sein würde, weil dann die vielen Lastkraftwagen, die er mit Mühe überholt hatte, zwangsläufig wieder an ihm vorbeiziehen mussten. Also unterdrückte ich mein Bedürfnis. Dies wurde jedoch immer schwieriger und mir wurde bald klar, dass es so nicht bis St. Quentin weitergehen konnte. Also begann ich, meine Situation in bestem Schulfranzösisch zu artikulieren. Es dauerte etwas, bis Marcel immerhin verstand, dass er anhalten sollte. Endlich ausgestiegen wollte jedoch das Wasser nicht laufen. Zu angestrengt hatte ich meinem Körper lange Zeit das Gegenteil befohlen. Also ging ich auf und ab, aber auch das half nichts. Also wieder ins Auto und weiter. Ein gewisses Kopfschütteln und Nachdenken bei Familie Dupressoir wurde verstärkt, als ich bald darauf ein zweites Mal um einen Stopp bat. Nun kam ich zurecht und der Rest der Fahrt verlief reibungslos.

Die großen Felder und langen, kerzengeraden Alleen beeindruckten mich sehr. Ab und an erklärte mir Marcel historische Hintergründe, insbesondere Ereignisse aus den Weltkriegen. Endlich kamen wir in St. Quentin an und ich sah zum ersten Mal die Kathedrale im Herzen der Stadt, die mich auch heute noch immer wieder beeindruckt. Am Ortsausgang bog Marcel auf den Parkplatz des Restaurants L'Ermitage ab und lud uns zum Essen ein. Er bestellte für mich ein Steak. Ich hatte meine Probleme damit. Zu Hause hatte es solche Steaks noch nie gegeben. Ich schnitt mir zu große Stücke ab und kaute diese tot. Um die zerkauten Fleischbrocken los zu werden, ging ich jeweils zur Toilette, was bei Dupressoirs nun doch den Eindruck erweckte, dass es mir nicht gut ginge.

Nach dem Essen fuhren wir die wenigen Kilometer zum Flugplatz, wo die Familie das Clubheim bewohnte. Ich bezog Marie-Christines Zimmer.

Madame bewirtschaftete das Flugplatzrestaurant, und Marcel arbeitete in einer nahegelegenen Strumpfwarenfabrik. Mein Aufenthalt in Frankreich begann.

Das Wochenende nahte, und am 26.7.69 nahm ich am ersten Flugbetrieb auf dem Flugplatz in St. Quentin/Roupy teil. Fluglehrer war Monsieur Dupont, ein lustiger Franzose mit Baskenmütze und Oberlippenbart. Das Schulflugzeug war genial: Ein Doppelsitzer, wie bei uns auch, mit dem Unterschied jedoch, dass man nebeneinander und nicht hintereinander saß. Der erste Flug war sehr gewöhnungsbedürftig. Rechtskurven wollte das Flugzeug nur ungern, Linkskurven dagegen ausgesprochen freudig fliegen. Dementsprechend war auch der Flug geradeaus sehr schwierig, die Maschine zog vehement nach links. Dupont meinte, das sei halt so. Nach einem zweiten Flug gestatteten mir die französischen Fliegerkameraden, ihre Breguet 905 zu fliegen. Ein Segelflugzeug mit V-Leitwerk. Es war ihre beste Maschine und ihr Entgegenkommen ehrte mich sehr.

Sie hatten aber auch noch andere beeindruckende Geräte. So einen Nachbau des Grunau-Babys. Dieser offene Segler hatte es mir von Beginn an angetan. Höchstgeschwindigkeit 70 km/h. Ein Problem schien mir der Flugzeugschlepp zu sein, denn die Motormaschine schleppte erheblich schneller. Ich sprach Dupont darauf an. Er dachte einen Moment lang nach, um mich dann zu fragen, ob ich fliegen wolle oder nicht. Als ich die Frage bejahte, meinte er, dann müsse ich eben akzeptieren, während des Schlepps im roten Bereich zu fliegen, das habe bisher immer geklappt und werde sicher auch in Zukunft funktionieren. Ein Problem sei, ob ich genug drücken könne. Das würde ich jedoch bereits beim Start merken. Wenn die Situation eintreten sollte, dass ich bei der höheren Schleppgeschwindigkeit nicht genügend Steuerweg zum Drücken hätte, sollte ich einfach ausklinken und in Verlängerung der Piste landen.

Ich machte mich abflugbereit. Die Schleppmaschine zog an. Bei knapp 30 km/h hob der Segler ab. Wir wurden immer schneller, und ich musste, um mit dem Motorflugzeug auf gleicher Höhe zu bleiben, den Steuerknüppel immer stärker nach vorne schieben. Als ich so gut wie am vorderen Anschlag war, hatten wir die Schleppgeschwindigkeit von 90 km/h erreicht. Ich musste höllisch aufpassen, um das Schleppflugzeug nicht zu übersteigen. Bald war der erste Aufwind erreicht, ich klinkte aus und begann, meinen ersten Flug in einem offenen Segler zu genießen.

Zwischen den Wochenenden trafen sich die Flieger regelmäßig nach der Arbeit im Flugplatzrestaurant. Bei schlechtem Wetter wurde erzählt, dabei der eine oder andere Aperitif getrunken, vielleicht auch eine Kleinigkeit gegessen. Bei gutem Wetter wurde geflogen. Entweder lokal, mitunter auch an die Küste. Ich durfte häufig mit Marcel in der offenen Tiger Moth fliegen. Als Passagier saß man vor dem Piloten, konnte also alles sehr gut sehen. Der Motor wurde von Hand angerissen. Er hatte einen kernigen Ton, dabei jedoch nicht allzu viel Kraft. Das Rollen zum Rollhalteort war nie ganz einfach, denn das Flugzeug konnte nur aerodynamisch gesteuert werden. Radbremsen oder gesteuerte Räder hatte es nicht. Das aerodynamische Steuern setzte voraus, dass man sehr schnell rollte, anders sprachen die Ruder nicht an. Auf der Startbahn begann dann das richtige Abenteuer. Vollgas! Bald nach dem Anrollen hob sich der Schwanz der Tiger Moth und nach kurzer Strecke auf dem Hauptfahrwerk war sie frei. Aus der Platzrunde ging es direkt Richtung Berck-sur-Mer, wo ein Landeplatz mit einem Restaurant war. Wie genoss ich die Flüge dorthin! Wie in den alten Filmen flogen wir in geringer Höhe, selten höher als 200 Meter, über die „brettelebene" Picardie. Wenn Marcel Spaß daran hatte, flog er direkt über den Straßen. Auf der freien Strecke waren wir kaum schneller als die Fahrzeuge. Die Geschwindigkeit wurde an einer der Flügelstreben durch ein Messplättchen angezeigt, das der Fahrtwind gegen einen Federdruck entsprechend weit nach hinten drückte.

Einmal fasste Marcel ein Cabrio ins Auge, das er von hinten in niedriger Höhe überflog. Der Fahrer musste wohl sehr erschrocken sein, denn beim Nachsehen mittels einer hochgezogenen Kehrtkurve sahen wir, dass er angehalten und im Straßengraben Schutz gesucht hatte.

Die Landung in Berck war nicht immer ganz einfach. Bei starkem Wind musste man die Wirkung des sogenannten Windgradienten beachten. Weil die Windgeschwindigkeit Richtung Boden drastisch abnimmt, muss man wesentlich schneller als bei Windstille anschweben. Anderfalls fehlt in fünf Metern Höhe Erhebliches an Fahrt, und das Flugzeug setzt hart auf. So stockte Marcel einmal der Atem, als ein Vereinskamerad sichtbar zu langsam anflog und genau dieses passierte. „Gott sei Dank hat das Fliegerchen die Beine nicht durch die Flügel gesteckt!" kommentierte er erleichtert die unschöne Landung.

Bei gutem Wetter, und wenn wir hinreichend Zeit hatten, gingen wir im nahegelegenen Meer schwimmen, ansonsten wurde intensiver Gedankenaustausch im dortigen Flugplatzrestaurant gepflegt.

Die Rückflüge hatten immer ein besonderes Flair. Mit der niedrigstehenden Sonne im Rücken flogen wir im Verband Richtung St. Quentin. Lange Schatten unterstrichen das Relief der Landschaft. Saftgrüne Weiden und ausgedehnte Äcker zogen unter uns hindurch, dazwischen idyllische, teilweise märchenhaft anmutende Weiler, ab und an auch am Rande kleinerer Wäldchen. Schade, dass auch solche Flüge enden!

Auf der Wiese vor dem Restaurant setzten alsbald umfangreiche Verschönerungsarbeiten ein. Das Fliegerlager mit den Deutschen wurde vorbereitet. Kurz vor deren Anreise wurden zwei große Zelte aufgestellt, ein Frauenzelt und ein Männerzelt.

Dann kam die deutsche Delegation mit ihren Flugzeugen. Es war eine herzliche Begrüßung. Bald flogen Deutsche und Franzosen am Himmel über St. Quentin. Die Presse berichtete darüber. Ein Vorfall führte zu besonderer Ausgelassenheit: Nach einer Außenlandung von August auf einem der großen Äcker wurde er von einem zufällig dort vorbeikommenden Reporter der St. Quentiner Zeitung gefragt, wo er herkomme. Da der Journalist des Deutschen und August des Französischen nicht mächtig war, ergab sich ein folgenreiches Missverständnis. Am nächsten Tag stand nämlich in der Zeitung, dass ein deutscher

Segelflieger mit einem Segelflugzeug von Kaiserslautern nach St. Quentin geflogen und dort auf einem Acker nahe des Flugplatzes gelandet sei. Hierauf musste August eine Freirunde Bier für alle spendieren.

Überhaupt fanden jeden Abend gesellige Ereignisse statt. Flugerlebnisse wurden ausgetauscht, es wurde diskutiert, einige führten Theaterstücke auf und alle waren sehr glücklich, dass es zwischen Deutschen und Franzosen zu einer so überzeugenden Begegnung kommen konnte.

Marie-Christine hatte bei ihrer Rückkehr wieder ihr Zimmer bezogen, ich schlief seither im Männerzelt. Die Ankunft meiner Fliegerkameraden führte auch dazu, dass ich nicht mehr so häufig mit den französischen Seglern fliegen konnte. Die Franzosen waren verärgert darüber, dass man den meisten ihrer Piloten unsere Leistungsflugzeuge vorenthielt. Unsere Fluglehrer hatten die Sorge, sie seien den Anforderungen an die Piloten solcher Maschinen nicht gewachsen. Dies entsprach eher einer kleinlichen, egoistischen Einstellung, als der Wahrheit, was ich, der ich Wochen gemeinsam mit den Franzosen geflogen war, glaubte, beurteilen zu können. Aber als einer der Jüngsten im Verein hatte ich auf solche Entscheidungen keinen Einfluss. Die Folgen dieses Verhaltens ereilten mich eines morgens. Ich saß in der „Fauvette", dem Flugzeug mit dem V-Leitwerk, als Jean-Bernhard mich bat, ihm den Segler zu überlassen. Ich solle doch mit unserem Gerät fliegen. Etwas verärgert stieg ich wieder aus. Mein Ärger war nicht allzu groß, denn Papa hatte gemeint, ich solle mit dieser optisch so schönen Maschine nicht fliegen, sie sei nicht sicher, da nach einem Bruch schlecht repariert. Während ich mich in unserer K 6 auf den Start vorbereitete, hob die Fauvette mit Jean-Bernhard ab. Wenige Minuten später riss mich ein Aufschrei aus vielen Kehlen aus der Startvorbereitung. Alle zeigten Richtung St. Quentin, wo ich gerade noch den trudelnden Segler hinter dem Horizont verschwinden sah. Sofort brach eine unglaubliche Hektik aus. Erleichterung, als das Motorflugzeug wieder sichtbar wurde und über der Unfallstelle kreisend langsam an Höhe gewann. Alle stürzten zu ihren Fahrzeugen. Papa gelang es jedoch, sie aufzuhalten. Mit unnatürlich ruhiger Stimme erklärte er, dass die Polizei zu verständigen sei und dass Werkzeug gebraucht würde, um Jean-Bernhard zu befreien. Spaten, Säge, Zange, Hammer und anderes mehr. Dann brach die Gruppe auf, und ich blieb mit wenigen anderen wie betäubt zurück. Was wäre gewesen, wenn ich in der Maschine sitzen geblieben wäre?

Er lebte noch schwerverletzt, aber nicht mehr lange. Am späten Nachmittag erlag Jean-Bernhard Lucas seinen schweren Verletzungen. Den Steuerknüppel hielt er noch in den Händen. Er hielt ihn am Unfallort so fest umklammert, dass man sich nicht anders zu helfen wusste, als ihn kurzerhand abzusägen. Ende der fröhlichen Abende, gedrücktes Schweigen und warten auf den Tag der Beerdigung. Dazwischen die Ermittlungen der französischen Polizei, um die Hintergründe des Absturzes zu klären.

Die Familie litt fürchterlich unter dem Tod ihres Sohnes, war er doch schon der zweite, der im Flugzeug ums Leben kam. Der erste stürzte tödlich mit einem Düsenflugzeug, einer Fouga Magister, ab.

Dann die Beerdigung. Eine große Beerdigung, denn die Familie Lucas war eine angesehene Unternehmerfamilie in St. Quentin. Drei Flugzeuge flogen über sein Grab. Sie gaben ihm die letzte Ehre, und uns die Botschaft, wir fliegen weiter ...

Dieses Ereignis hat für viele Jahre die Entwicklung unserer Partnerschaft gehemmt, nicht, wie es auch hätte sein können, gestärkt. Marcel trat aus dem Rampenlicht des Flugsportvereines zurück, die Hintergründe kannten wir damals nicht, und heute sind sie nicht mehr wichtig.

Die Saat jedoch, die mein Vater mit der Gründung dieser Partnerschaft gelegt hatte, trug später trotzdem reichlich Früchte und führte zu vielen Begegnungen, Freundschaften, ja sogar einer deutsch-französischen Ehe.

Apollo 11

Am 21. Juli 1969, kurz nach 1.00 Uhr in der Nacht, weckte mich Papa. „Im Fernsehen wird gerade die Mondlandung der Amerikaner übertragen!" sagte er und verschwand wieder ins Wohnzimmer. Schlaftrunken folgte ich ihm, um dann staunend und atemlos zu erleben, wie der erste Mensch seinen Fuß auf einen außerirdischen Boden setzte.

Wir saßen danach noch lange in den Sesseln unserer Couchgarnitur. Opa Heinrich hatte sich gedanklich zu uns gesellt. Wir erinnerten uns an ein lange zurückliegendes Gespräch mit ihm. Damals, als ich noch ein kleiner Junge war, hatte er gegenüber meinem Vater die Meinung vertreten, die Amerikaner würden eines Tages auf dem Mond landen, dessen sei er gewiss. Papa, daran konnte ich mich noch gut erinnern, hatte dem widersprochen. Es gäbe keinen Treibstoff, der bis zum Mond reiche, geschweige denn, zurück. Wer das denn sage, fragte mein Opa und sein Sohn berief sich auf einen seiner Professoren an der Hochschule in Karlsruhe. „Die wissen auch nicht alles!" brach es aus meinem Großvater hervor „Dann muss man eben mehr Treibstoff mitnehmen!" Papa wies darauf hin, dass dann die Rakete entsprechend schwerer würde und dies deshalb keine Lösung sei. „Die Amerikaner werden trotzdem eines Tages auf dem Mond landen!" beharrte er.

Nun waren sie auf dem Mond gelandet. Der Handwerksmeister hatte Recht behalten, und sein studierter Sohn erhob das Glas auf seinen verstorbenen Vater. Danach drehte sich unser Gespräch um den deutschen Anteil an diesem Unternehmen. Beginnend mit den Wissenschaftlern, die nach dem Krieg mehr oder weniger freiwillig in die Staaten gegangen waren bis hin zu deutscher Technik in den verschiedenen Raumfahrzeugen. „Wenn wir den Krieg nicht verloren hätten, stünden wir heute Nacht dort droben!" meinte Papa, und in diesem Ausspruch widerspiegelte sich die gesamte Tragik seiner Generation.

Ja, dieser fürchterliche Krieg, diese entsetzliche Entgleisung, hatte unsere Entwicklung gebrochen. Deutschland hatte keine Geschichte mehr vor 1945 und war fortan bestbehüteter Musterschüler der freien wie auch der kommunistischen Welt. Wir wussten es damals nicht anders, unsere Eltern konnten nicht anders.

Die französische Uhr

Etwa in dieser Zeit hat mir mein Vater eine Uhr geschenkt, die er sich einst während seiner Kriegsgefangenschaft in Frankreich gekauft hatte. Auf dem Zifferblatt steht als Fabrikat „Hercules". Manchmal, wenn ich draufschaue, öffnet sich die Uhr, und ich sehe durch sie hindurch den Ort „La-Ville-au-Bois-lès-Pontavert" am Rande eines märchenhaften Waldes.

Nach schlimmen ersten Monaten der Gefangenschaft in Lagern, in denen viele ums Leben kamen, verdingte sich mein Vater dorthin als Landarbeiter. Seine Unterkunft war ein Zimmer, das er mit sieben anderen teilte. Anfänglich verschwieg er, dass er französisch verstand. Das hatte durchaus Vorteile. So bat Stanislas, ein gebürtiger Pole und Knecht beim Bauern, diesen darum, den Gefangenen wenigstens sonntags etwas Butter zum Frühstück zu geben. Der Bauer antwortete, er gäbe seinen Schweinen keine Butter, und genau so wenig erhielten auch die Gefangenen Butter. Mein Vater, der dabei stand, wandte sich ihm mit dem Bemerken zu, wenn das so sei, würde die Dreschmaschine morgen stillstehen, weil die Schweine dann weiterschlafen würden. Von da an gab es sonntags Butter.

Es war wohl eine Zeit, in der es zunächst ums Überleben ging. Manches Geschichtchen hat er darüber erzählt, von dem Pferd Bichette, mit dem er über weite Strecken Getreide und andere Produkte des Bauernhofes ausfuhr oder davon, wie er und seine Kameraden den Bauern bei jeder sich bietenden Gelegenheit übers Ohr hieben und das eine oder andere abzweigten, um ihren kargen Lebensunterhalt aufzubessern. Auch davon, wie er einmal Kinder vor Granaten im Wald warnte, die das mit einem „sale boche" kommentierten. Der dumpfe Schlag, den er bald darauf hörte, belastete ihn noch lange.

Wir haben nicht sehr viel über diese Zeit gesprochen. So weiß ich nicht, wie er mit seiner Situation am Ende eines verlorenen Krieges und nach einer verlorenen Jugend in der Ferne zurecht kam. Zählte er die Tage oder arrangierte er sich mit seiner Situation? Es gelang ihm wohl zusehends, ein gutes Verhältnis zum Bauern aufzubauen. Marcel, dem er viele Einzelheiten aus dieser Zeit anvertraut hat, erzählte mir einmal, er habe auch ein kleines Abenteuer mit der Tochter des Bauern gehabt, welches dieser jedoch, nachdem er davon erfahren hatte, rasch beendete.

Die Uhr geht nicht mehr. In ihrem stählernen Körper schlummern unwiederbringlich die Erinnerungen. Sie gibt sie nicht mehr preis, denn ihr Herz ist gebrochen.

Kommunismusseminar in Lambrecht

In der Zeit des kalten Krieges war es üblich, mit der Schule einen Ausflug nach Berlin zu unternehmen. Zur Vorbereitung dieser Reisen fanden in der Pfalzakademie in Lambrecht (Pfalz) regelmäßig einwöchige Seminare statt, mit denen die Schülerinnen und Schüler der Oberstufe in die Grundlagen des Kommunismus eingeführt wurden.

Es war das erste Mal, dass wir uns in Gruppen zielorientiert und selbständig mit gezielten Fragen auseinandersetzten, wobei das Ergebnis unserer Arbeit vor dem Plenum zu präsentieren war. Im Vorfeld unseres Besuches hatte ich mir bereits zwei Taschenbücher mit dem Titel „Sowjetideologie heute" gekauft. Autoren waren Gustav A. Wetter und Wolfgang Leonhard. Über die beiden Bücher fand ich den intellektuellen Zugang zum Dialektischen und Historischen Materialismus und sie waren für die Gruppenarbeit eine wertvolle Hilfe. Als schmerzlich empfand ich unser Unvermögen, in kurzer Zeit die für das jeweilige Thema wesentlichen Fakten im Text zu finden und aufzubereiten. Dies gelang einem uns fremden Jungen, der sich im Rahmen eines Stipendiums gezielt mit Fragen des Materialismus befasste. Wir durften der Präsentation seines Arbeitsergebnisses beiwohnen und waren beeindruckt, mit welcher Dichte und Tiefe er sein Thema ausgeleuchtet hatte. Was wir nicht wussten, war, dass er dazu wesentlich mehr Zeit zur Verfügung gehabt hatte als wir und dass er eines Tages eine beachtliche politische Karriere starten würde.

Lambrecht war nicht nur lernen. Am vorletzten Abend durften wir auf eigene Faust bis zehn Uhr das Haus verlassen. Wir zogen in den Ort und gingen in ein italienisches Restaurant. Ich bestellte einen gebackenen Fleischkäse mit Pommes Frites und trank dazu zwei Gläser Lambrusco in der Meinung, dies sei eine italienische Limonade. Die Wirkung dieser „Brause" entpuppte sich beim Verlassen der Gaststätte als verheerend. Mit einem Blick auf die Uhr, es war kurz vor zehn, enteilten mir meine Kameraden. Ich konnte nicht Schritt mit ihnen halten und erreichte unsere inzwischen geschlossene und finstere Unterkunft mehr als eine Stunde später. Immerhin konnte ich das Fenster meines Zimmers, in dem wir zu zweit untergebracht waren, identifizieren. Ich versuchte, meinen Zimmerkameraden Thomas mittels gezielter Würfe von kleinen Kieselsteinchen auf die Fensterscheibe zu wecken, was nach unzähligen Versuchen auch endlich gelang. Thomas öffnete ein Fenster im Erdgeschoss, und so gelangte ich nach etlicher Anstrengung doch noch in das Haus. Aus der Nachtruhe wurde nichts. Mein Magen rebellierte gegen das ungewohnte Getränk und nutzte die erste Gelegenheit, sich einer möglichst großen Menge davon zu entledigen.

Bald danach brachen wir nach Berlin auf. Eine abenteuerliche Busfahrt. Zunächst ging es über Frankfurt und den Rimberg nach Herleshausen. Dort wurden wir das erste Mal mit den grausamen Zügen staatlicher Macht konfrontiert. Unsere Pässe wurden gleich beim ersten Halt eingesammelt. Nach einer langen Pause kam endlich ein Volkspolizist und verglich Person für Person die real existierenden Gesichtszüge mit denen auf dem Passfoto. Einer meiner Schulkameraden hatte das „Kapital" von Karl Marx aufgeschlagen – offensichtlich, um ein gutes Klima zu befördern. Erfreut griff der Vopo danach und examinierte ihn. Leider hatte er keine Ahnung, was er gerade gelesen haben wollte. Also mussten wir den Bus verlassen, antreten und uns einen Vortrag über den Marxismus/Leninismus anhören. Alleine das Antreten war eine Sache, die uns nicht gelingen wollte. So etwas hatte es allenfalls noch in der Sexta bei unserem inzwischen lang vergessenen Sportlehrer gegeben. Aber auch das Stehen in der Hitze und die mit triefendem Besserbewusstsein vorgetragene Einführung in die staatphilosophischen Grundlagen der Deutschen Demokratischen Republik waren für uns eine zwar schmerzlich wahrnehmbare, jedoch gänzlich unverständliche Erfahrung. Endlich durften wir weiterfahren und kamen logischerweise sehr spät in Berlin an.

Berlin war auch als geteilte Stadt atemberaubend lebendig und so überhaupt nicht vergleichbar mit der uns geläufigen Idylle in Kaiserslautern. In der Nähe des Amerikahauses geriet ich geradewegs in einen Demonstrationszug, unter dessen Teilnehmer sich auch Radikale gemischt hatten. Entsprechend stark waren das Polizeiaufgebot und der Tränengaseinsatz. Schnell verlor ich die Orientierung und fand mich tränenüberströmt in einer Passage wieder, von wo aus mir ein freundlicher Polizist den Weg in ruhigere Gefilde wies. Er hatte sofort erkannt, dass ich keiner der Demonstranten war, sondern dringend Hilfe brauchte. Blieb die Frage, ob das die realen Auswirkungen des Diamat und des Histomat waren?

Auch der Besuch in Ost-Berlin, oder, wie wir in Lambrecht gelernt hatten dort zu sagen, der Hauptstadt der Deutschen Demokratischen Republik, brannte sich tief in mein Gedächtnis ein. Wieder menschenverachtende Beamte beim Grenzübergang, beängstigend präsente Staatsgewalt, ein übermächtiges Gefühl der Ohnmacht und des auf Gedeih und Verderb Ausgeliefert-Seins. Danach eine andere Welt. Irgendwie schmuddelig, ja armselig. Auffällig die jungen Menschen, die mit uns ins Gespräch kommen wollten und uns mit ideologischen Phrasen von der Überlegenheit des Marxismus-Leninismus überschütteten. Vorsicht! Keine provozierenden Antworten, sonst kommt man hier nicht mehr ungeschoren raus!

Die Wanderung durch den Ostteil der Stadt war niederschmetternd. Das Brandenburger Tor nicht zugänglich. Wie gerne wäre ich einmal hindurchgegangen. Unter den Linden Richtung Funkturm mühselig instand gehaltene Häuser, gerade das Notwendigste war getan. In den Seitenstraßen die blanke Armut und Not.

In einer Buchhandlung kaufte ich mir von Ernst Engelberg „Deutschland – 1871-1897", ein Geschichtsbuch. Einmal, weil mich die Geschichtsschreibung in der Deutschen Demokratischen Republik interessierte, einmal aber auch, weil ich wenigstens einen Teil des verlorenen Zwangsumtausches, wenn auch in anderer Form, wieder mit zurück in den Westen nehmen wollte.

Von da an war mir klar, dass dieses System für mich nie eine akzeptable Alternative zu unserem Staatsverständnis sein konnte.

Die Studienstiftung des Deutschen Volkes

In der Unterprima erhielten mein Freund Thomas und ich die Nachricht, dass wir beide als Klassenbeste in die Auswahl für ein Stipendium der Studienstiftung des Deutschen Volkes aufgenommen worden seien. Diese Stiftung gewährte für Studenten eine finanzielle Unterstützung, die unabhängig vom Einkommen der Eltern war. Dies wäre in meinem Falle sehr gut gewesen wäre, da ich keine Aussicht auf eine Förderung nach dem Bundesausbildungsförderungsgesetz hatte.

So fanden wir uns eines Morgens im Turnsaal des Hohenstaufen-Gymnasiums wieder und bearbeiteten lange Vordrucke. Räumliches Vorstellungsvermögen, Kombinationsgabe, Sprachgefühl, Ausdauer und Konzentration waren gefordert. Alles in allem maß ich der Geschichte keine so große Bedeutung bei und erachtete meine Chancen eher als gering.

Einige Zeit später informierte uns Mac, dass wir eine Runde weiter gekommen seien. Die nächste Veranstaltung fand im Herz-Jesu-Kloster in Neustadt an der Weinstraße statt. In Erinnerung geblieben ist mir, dass dort ein 15-minütiger Vortrag mit anschließender Diskussion zu halten war. Ich wählte als Thema „Segelfliegen, mehr als ein Sport!".

Im Kloster trafen wir auf eine Reihe gleichaltriger. Vortrag folgte auf Vortrag, wobei jeder für sich unter Moderation durch den Referenten diskutiert wurde.

Bald war auch ich an der Reihe. Während die Präsentation des Themas noch einigermaßen gut verlief, stockte die Diskussion von Anfang an. Einer der Mitbewerber war so freundlich, wenigstens eine Frage zu stellen. Diese war gleich abgehandelt und brachte keinen wirkungsvollen Impuls für die weitere Diskussion.

Vom Psychologen auf meine Berufswünsche befragt gab ich an, voraussichtlich Forstwissenschaften studieren zu wollen. Wahrscheinlich blieb diesem nicht verborgen, dass dieser Berufswunsch noch nicht verfestigt war. Dies konnte er auch nicht zuletzt daraus schließen, dass ich mich zunächst für zwei Jahre bei der Bundeswehr verpflichten wollte.

Der exotische Vortrag, die schlappe Diskussion, sowie ein Berufswunsch aus dem Sektor der Urproduktion waren wohl keine guten Voraussetzungen, ein Stipendium zu erhalten. Das war mir bereits am Abend der Abreise aus Neustadt klar, und so überraschte mich die später eintreffende Absage nicht sonderlich.

15 Jahre später traf ich einen, der damals erfolgreich war. Er war gerade Referendar für das Lehramt und schrieb nebenbei an seiner Dissertation. Der Leistungsdruck, um die Fortführung des Stipendiums zu gewährleisten, hatte bei ihm zu einem psychischen Einbruch geführt, und sein Studium war dadurch erheblich ins Stocken geraten.

Fahrschule

Als echter Nachfahre des Benzinschnorres wollte ich so früh wie möglich den Führerschein erwerben. Also meldete ich mich rechtzeitig bei der Fahrschule an, die Alfred, einer unserer Fluglehrer, betrieb. Fahren konnte ich ja schon und sah daher keine großen Probleme, die Fahrprüfung zu bestehen.

Die Theorie war überhaupt kein Problem. Im Vergleich mit der beim Erwerb des Luftfahrerscheins ein Jahr zuvor war sie so gut wie geschenkt.

Die erste Fahrstunde verlief enttäuschend. Wir bestiegen Alfreds weißen Opel Kadett, und danach begann er, mir haarklein die Handhabung des Fahrzeugs zu erklären. Zunächst die Sitzposition inklusive aller Möglichkeiten, den Fahrersitz zu verstellen. Danach die Einstellung des Innen- und des Außenspiegels. Im Anschluss daran jedes Hebelchen und Knöpfchen, das es in diesem Fahrzeug gab. Gefahren sind wir an diesem Tag keinen Meter.

Nach sieben Fahrstunden war es dann so weit: Prüfung! Nach dem Alphabet war ich als Dritter an der Reihe. Nummer eins und zwei kamen bereits kurz nach der jeweiligen Abfahrt wieder zurück. Durchgefallen.

Nun war mir die Prüfung doch nicht mehr einerlei, und die anfängliche Sicherheit wollte weichen. Ich fuhr sehr konzentriert, während sich Alfred angelegentlich mit dem Prüfer unterhielt. Wo ich denn so viel schwarz gefahren wäre? Mit so wenigen Stunden könne man nicht so gut fahren, fragte dieser in Alfreds Wortschwall. „Auf dem Flugplatz!" antwortete dieser. „Apropos Flugplatz!" fuhr er fort, „Fritzchen erzählt seiner Oma, er sei mit dem Flugzeug aus 1000 Metern abgestürzt, und zu allem Übel habe sich der Fallschirm nicht geöffnet! ‚Und was ist dann geschehen?', will die Großmutter wissen. Ich bin glücklicherweise auf eine Weiche gefallen!"

Hahaha! Dreimal gelacht, und so ging es weiter, bis wir wieder bei der Fahrschule waren. „Bestanden, aber bitte, Herr Borawski, künftig ein paar Stunden mehr bei solchen Kandidaten!"

Nachmittags Motorradprüfung. Alfred bittet mich zu fahren, da er als Fahrlehrer während der Prüfung nicht selbst steuern darf. Er versichert mir, der Prüfer könne mir den Führerschein nicht mehr entziehen. Unterwegs, während der Prüfling mit dem Motorrad Achter fährt, soll ich auf der engen Straße wenden. Einen Moment lang rollt der Kadett rückwärts, ohne dass ich nach hinten schaue. Und schon poltert der Prüfer los, er hätte gleich kein gutes Gefühl gehabt, bei so wenigen Fahrstunden. Das könne ja überhaupt nicht gehen, und nun müsse er sich Vorwürfe machen, vor allem dann, wenn ich einen Unfall baute. Am Liebsten würde er mir den Führerschein wieder abnehmen, aber das ginge ja nicht. Nun, wo er Recht hatte, hatte er Recht.

Inge

Ich besuchte noch lange nach dem Grundkurs sonntags die Tanzschule. Eines Tages traf ich dort auf Inge. Niemand forderte sie auf, obwohl sie sehr hübsch war, wenigstens in meinen Augen. Und weil niemand sie aufforderte, was ich länger beobachtet hatte, traute ich mich, sie zum Tanz zu bitten. Meine zweite, nicht weniger problematische Partnerschaft begann.

Wir näherten uns einander sehr behutsam. Immer auch kritisch begleitet von ihren Eltern. Sie war ein Einzelkind und dabei deutlich jünger als ich, für ihre Eltern wahrlich ein guter Grund, die Entwicklung unserer Freundschaft im Auge zu behalten. Ein Mittel dazu waren häufige Einladungen zu Kaffee und Kuchen zu ihr nach Hause. Einmal erzählte mir ihr Vater, wie sehr er den Gedankenaustausch mit mir genieße, durch mich sei auch neues Leben in die Familie gekommen. Manchmal konnte ich mich des Eindrucks nicht erwehren, dass er es gerne sähe, wenn ich mich enger mit Inge liieren würde. Ihre Mutter hatte dagegen mitunter Zweifel ob meiner Absichten, längstens als sie erfuhr, dass ich demnächst für zwei Jahre zur Bundeswehr gehen würde. Sie konnte sich nicht so richtig vorstellen, dass eine junge Beziehung zwei Jahre Trennung mit bestenfalls Wiedersehen an Wochenenden überleben würde.

Wir selber sahen die Dinge eher gelassen. Wir unternahmen viele Spaziergänge durch die Stadt oder in den nahegelegenen Wald. Und gerade im Wald, den ich sehr liebte, erhielt unsere aufkeimende Beziehung einen Sprung. Damals waren noch Dampflokomotiven unterwegs, und von diesen ging eine beachtliche Feuergefahr für die umliegenden Wälder durch Funkenflug aus.

Bei einem Spaziergang Richtung Heiligenbergtunnel nahmen wir zunächst einen brenzligen Geruch wahr. Bald entdeckte ich einen noch überschaubaren Brandherd entlang des Bahndamms. Da ich mir zutraute, das Feuer zu löschen, verzichtete ich darauf, zum Forsthaus zu laufen und den Förster zu alarmieren. Der Erfolg gab mir Recht. Das Feuer war bald gelöscht.

Inge hatte währenddessen Abseits gestanden und mir zugeschaut. Auf die Frage, warum sie mir nicht geholfen hätte, meinte sie, sie trüge neue Schuhe, und die wären dabei sicher zu Schaden gekommen. Außerdem hätte ich es ja auch sehr gut alleine geschafft.

Objektiv gesehen hatte sie ja Recht. Das Feuer war aus, und ihre Schuhe unversehrt. Meine dagegen sahen gar nicht mehr gut aus, denn ich hatte das Feuer hauptsächlich ausgetreten. Trotzdem zerbrach an diesem Nachmittag etwas in mir. Und dieser feine Sprung wirkte Tag für Tag destruktiv und zerstörte unsere junge Beziehung. Dass sie neue Schuhe gegen brennende Bäume aufgewogen hatte, das war der eigentliche Grund. Dahinter stand meine Sorge, dass sie in anderen, bedrohlicheren Situationen auch solche aus meiner Sicht falschen Abwägungen anstellen würde. Mit ihr darüber gesprochen habe ich nie. Das war falsch, und später und in anderen Beziehungen habe ich gelernt, dass man unbedingt über solche Erfahrungen reden muss. Geblieben ist allerdings meine Neigung, aus signifikantem Verhalten meiner Partnerinnen und Partner in schwierigen Situationen weitreichende Schlussfolgerungen zu ziehen.

Später, als ich den Führerschein erworben hatte, fuhren wir mit Papas Auto samstags Abends zum Tanzen. Wir bevorzugten bürgerliche Lokale, in denen klassische Tänze gespielt wurden. Inge, die zusätzliche Tanzkurse besucht hatte, brachte mir neue Tanzschritte bei. Allerdings konnte sie mich nicht dafür gewinnen, einen weiteren Tanzkurs mit ihr gemeinsam zu belegen. Dies gelang erst Jahre später einer anderen Frau.

In den Tanzpausen tranken wir überwiegend schweigend unsere Cola. Unser gemeinsamer Gesprächsvorrat war nicht sehr groß. Da sie vor Mitternacht zu Hause sein musste, machten wir uns so zeitig auf den Heimweg, dass wir noch ein Momentchen Zeit zum Schmusen im Auto hatten. Dazu bog ich regelmäßig in einen Waldweg ein, wo das Auto geschützt stand. Meine ersten Schritte zur Entdeckung einer Frau waren sehr zaghaft. Sowohl meine Mutter als auch meine Großmutter hatten mir erfolgreich vermittelt, welche Verantwortung man im Rahmen einer Beziehung insbesondere als Mann gegenüber einer Frau trägt. Für mich war es daher selbstverständlich, dass man mit dem Beischlaf bis nach der Eheschließung warten müsse.

Diese Einstellung hatte auch vor Jahr und Tag Kaplan Müller in mir verstärkt, als er mich eines Tages ins Pfarrhaus einlud und mich „aufklärte". Zur Vertiefung seiner etwas komplizierten und abstrakten Ausführungen hatte er mir damals ein Büchlein mitgegeben, das sich allerdings auf demselben praxisuntauglichen Niveau bewegte. Zu Hause hatte ich das Heftchen gleich meiner Mutter gezeigt, und diese erwähnte beim Abendessen gegenüber Papa meinen Pfarrhausbesuch. Der meinte nur lapidar, diese Erfahrungen müsse jeder Mann für sich selbst machen. Dazu war ich gegenüber Inge jedoch nicht in der Lage. Trotzdem reichte unsere Beziehung noch weit über meine Zeit bei der Bundeswehr hinaus.

Bundeswehr

In dieser Zeit stand auch die Entscheidung für den weiteren Lebensweg nach der Schule an. Berufsausbildung, Studium oder Wehrdienst. Es war die Zeit, in der viele junge Menschen schwierige Prüfungen auf sich nahmen, um den Kriegsdienst zu verweigern. Ihr Engagement gegen den Dienst mit der Waffe machte auch nicht vor Mitschülern halt, die den Streitkräften positiv gegenüber standen – und so ergab sich zwischen uns manche heftige Diskussion. Für mich bestand überhaupt kein Zweifel daran, in der Bundeswehr zu dienen. Die Auseinandersetzung mit dem Sozialismus und dem Kommunismus hatte bei mir zur strikten Ablehnung dieser Ideologie geführt. Nun kann die Frage, wie man dieser gegenübertritt, durchaus unterschiedlich beantwortet werden. Nicht wenige meiner Mitschüler meinten, der Siegeszug des Kommunismus sei ohnehin nicht aufzuhalten, und man könne ihn ja dann in einem friedlichen Dialog gewaltfrei quasi von innen heraus in unserem Sinne verändern. Aus meiner damaligen Sicht erschien es mir jedoch besser, diese Auseinandersetzung eher auf dem Boden einer freiheitlichen Demokratie zu suchen denn als Bürger eines repressiven Systems, womöglich noch aus der Haft heraus. Dabei war ich mir auch ob des tatsächlichen Engagements nicht ganz sicher, mit dem meine Mitschüler im Falle des Falles zur Tat schreiten würden.

Es gab für mich jedoch noch einen anderen Grund, zur Bundeswehr zu gehen. Mein Berufswunsch hatte sich noch immer nicht endgültig verfestigt, und so konnte ich noch etwas Zeit für die endgültige Entscheidung gewinnen. Mein Patenonkel stand mir dabei mit zwei Empfehlungen hilfreich zur Seite. Einmal meinte er: „Wirst du Arzt, dann wirst du reich, hast aber keine Freizeit mehr. Wirst du Forstmann, dann bleibst du arm, hast aber viel Zeit – das musst du dir gut überlegen." Ein anders Mal gab er mir den Rat: „Es ist besser, du kommandierst: hinlegen, als du legst dich selber hin."

So entschloss ich mich, die Laufbahn des Reserveoffiziers bei der Bundesluftwaffe einzuschlagen. Den Aufnahmetest in München bestand ich leicht, er ähnelte dem Test der Studienstiftung wie ein Ei dem andern.

Schriftliches Abitur

Irgendwann ist es einmal so weit. Die Schule geht unwiderruflich zu Ende. Davor jedoch war bei mir das Abitur gesetzt. Mein Vorabitur war nicht schlecht gewesen, und nun ging es im schriftlichen Teil darum, die eine oder andere Note noch zu verbessern, zumindest jedoch, sie zu halten.

Die Aufgaben waren fair und die im Fach Physik lagen mir sehr. Hier hätte ich leicht eine Zwei, wenn nicht sogar eine Eins schreiben können. Dem stand entgegen, dass ich mich bei einer solchen Note einer mündlichen Prüfung hätte unterziehen müssen, und davor hatte ich schlicht und einfach Angst. Also löste ich mehrere Aufgaben und fragte dann die fachkundige Aufsicht, ob das bisherige Ergebnis für eine Drei reiche. Als dies bejaht wurde, gab ich die Arbeit ab. Selbst das gute Zureden des Lehrers konnte mich nicht umstimmen. So ziert bis heute als eine von zwei Dreien diese Note in Physik mein Abiturzeugnis.

Eigentlich tragisch ist das deshalb, weil ich mich von jeher dem Fach Physik zugeneigt fühlte. Mein heimlicher Traum war ein Studium der Physik mit einer Spezialisierung auf dem Gebiet der extraterrestrischen Physik. Allerdings hatte da unser Mathematik- und Physiklehrer frühzeitig Wasser in meinen Wein gegossen, indem er im Rahmen einer Unterrichtsstunde beiläufig erklärte, wer in Mathematik keine Eins habe, brauche an ein Physikstudium erst gar nicht zu denken.

Später habe ich die erforderliche Sicherheit und das Selbstbewusstsein, in mündlichen Prüfungen zu bestehen, doch noch gewonnen, und war erstaunt, wie leicht das eigentlich ist. Eine vertane Chance oder ein Scheidepunkt in meinem Leben?

Ich rücke ein

Am 1. Juli 1971 ist es dann so weit. Während mein Zug nach Nürnberg anrollt, winke ich meiner Mutter und meiner Freundin, die nun auf dem Bahnsteig zurückbleiben. Vorbei geht es an der Werkstatt des Flugsportvereins in der Kohlenhofstraße, die Stadt versinkt hinter den mächtigen Silhouetten der Bäume des Staatsforstes, und bald umfängt uns das Dunkel des Heiligenbergtunnels. Ich rücke ein zum 12. Luftwaffenausbildungsregiment 3 in Roth bei Nürnberg. Mich wundert, wie leicht mir der Abschied fällt. Kein Herzschmerz, keine Tränen, lediglich eine leichte Spannung, was an diesem Tag noch Neues auf mich zukommen würde.

In dieser Stadt habe ich eine wundeschöne, glückliche Kindheit und Jugend verbracht. Spürbare Bindungen zu ihr entstanden dabei jedoch nicht, allenfalls zu einer Handvoll Menschen, die mir in all diesen Jahren ans Herz gewachsen sind. Aber auch diese werden Kaiserslautern bald verlassen haben. Mir wird klar, dass mich nichts mehr dauerhaft hierher zurückziehen wird, und wenn ich einmal hier Arbeit und Brot finden sollte, dann genau so, wie in jeder anderen Stadt auch.

Das Tor schließt sich hinter dem Lastkraftwagen, mit dem wir vom Bahnhof zur Kaserne gefahren worden sind. Ein neuer Lebensraum ist betreten, den es fortan zu erkunden, aber auch zu gestalten gilt.

Anhang: Erinnerungsfotos

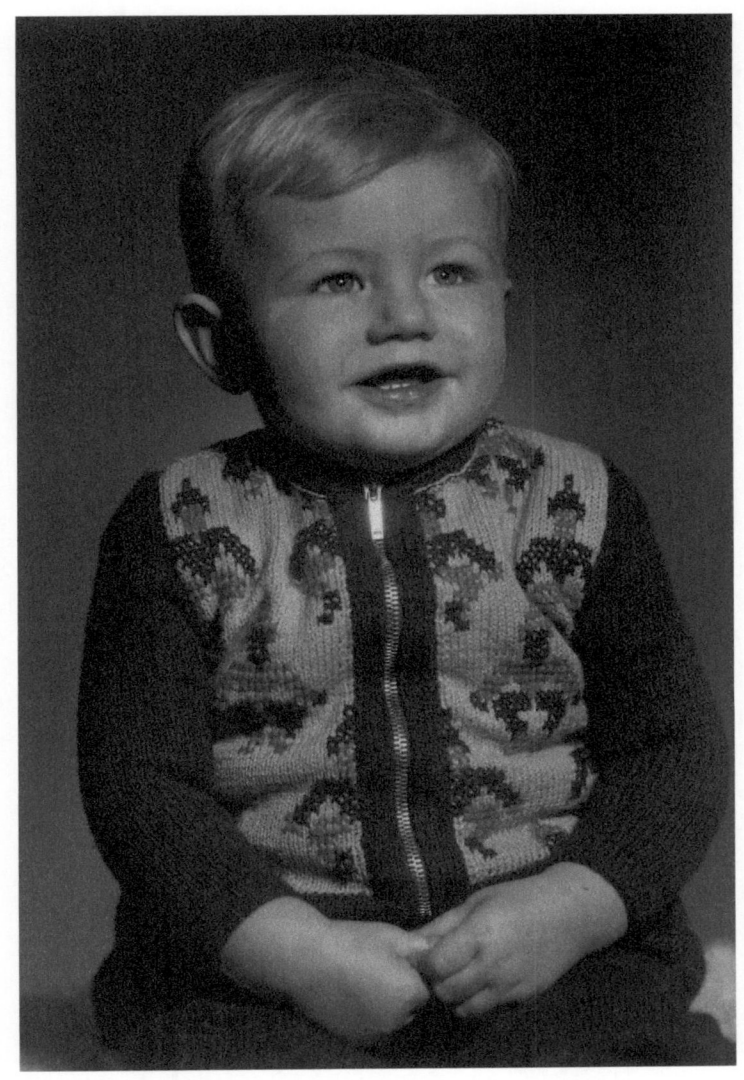

Vom Autor bisher erschienen:

Denk-mal-Gedichte und Texte zum Verschenken

Gedichte und Texte zum Nachdenken.
Denken, ahnen, sich treiben lassen ist etwas Urmenschliches, macht
Spaß, mitunter neugierig, manchmal auch ein klein wenig zufriedener
mit sich selbst. Damit hilft es uns und uns allen.

IDBN 3-8311-0420-0, 6,54 €.

Gwen

Wie viele andere Menschen auch hatte Gwen bis vor wenigen Jahren
eher oberflächlich in den Tag gelebt. Ihre aufkeimende Suche nach
dem Lebenssinn verdichtet sich dramatisch bei einem Besuch der Île
d'Ouessant vor der bretonischen Küste.

Ausgelöst durch eine Bemerkung eines Urlaubers am Kai vor ihrer
Rückfahrt zum Festland reflektiert sie in Sekundenschnelle ihr bisheri-
ges Leben. Ihre Gedanken kreisen dabei um sie drängende Fragen nach
der erfolgreichen Pflege zwischenmenschlicher Beziehungen, dem
Verhältnis Mensch zur Natur, dem wirklichen Wert des Lebens und
dem Aufbruch aus der Enge des alltäglichen Lebens. Ihr gelingt es
schließlich, ihre Gedanken zu einem neuen Lebensentwurf für sich und
ihren Partner zu verbinden.

ISBN 3-8311-1153-7, 7,06 €

**Nachhaltigkeit – eine weitere Worthülse oder ein wirksamer Bei-
trag zur Verringerung der Ontologischen Differenz**

Nachhaltigkeit ist seit Rio 1992 in aller Munde. Sektorale Nachhaltig-
keitsansätze prägen seither die Programmsprache insbesondere von
Politik und Verbänden. Dabei wird zunehmend spürbar, dass zwischen
sektoralen Ansätzen neben synergistischen auch konfliktäre Beziehungen bestehen, wobei letztere derzeit bei weitem noch nicht abgearbeitet
sind.

Vor diesem Hintergrund formuliert der Autor ausgehend von den forstlichen Wurzeln des Begriffs Nachhaltigkeit ein geschlossenes Konzept nachhaltiger Entwicklung. In dessen Mittelpunkt steht die nachhaltige Entwicklung der Menschheit, die durch den Überhang der von ihr bewirkten kulturellen Evolution, wie beispielhaft dargelegt wird, massive Probleme im Beziehungsgeflecht Mensch/Natur erzeugt hat. Normatives Element dieses anthropozentrisch verstandenen Nachhaltigkeitsbegriffs ist im Gegensatz zu Überlegungen etwa der Generationengerechtigkeit oder der Sicherstellung der Befriedigung von Bedürfnissen künftiger Generationen die Maxime zur Verringerung der Ontologischen Differenz: Jeder Mensch soll im Rahmen seiner Möglichkeiten hierzu durch Erkenntnis- und Erfahrungsgewinn einen weitreichenden Beitrag leisten. Hierdurch wird es möglich sein, gefährdete Beziehungen zur Natur zu entlasten und den Fortbestand der menschlichen Gesellschaft zu sichern.

So verstandene nachhaltige Entwicklung bedarf gesellschaftlicher Rahmenbedingungen, die nur von einem handlungsfähigen Staat auf der Basis einer neu gedachten Politik sichergestellt werden können. Dazu müssen Entwicklungen der Postmoderne korrigiert werden. Leitlinien hierzu werden für die Politikfelder Familie, Bildung, Energie, Umwelt und Wirtschaft entwickelt.

ISBN 3-8334-2812-0, 15,50 €